KB262477

THE RECORD OF RETURNER
현중 귀환록
FUSION FANTASTIC STORY
푸른 하늘 장편 소설

# 천중 귀환록 10

푸른 하늘 장편 소설

초판 1쇄 찍은 날 § 2012년  7월 23일
초판 1쇄 펴낸 날 § 2012년  7월 30일

지은이 § 푸른 하늘
펴낸이 § 서경석

편집부장 § 권태완
편집책임 § 박우진
디자인 § 이혜정

펴낸곳 § 도서출판 청어람
등록번호 § 제1081-1-89호
등록일자 § 1999. 5. 31
어람번호 § 제1-1428호

주소 § 경기도 부천시 원미구 심곡2동 163-2 서경B/D 3F (우) 420-822
전화 § 032-656-4452  팩스 § 032-656-4453
http://www.chungeoram.com
E-mail § chungeorambook@daum.net

ⓒ 푸른 하늘, 2011

ISBN 978-89-251-2947-1 04810
ISBN 978-89-251-2696-8 (세트)

※ 파본은 구입하신 서점에서 교환하여 드립니다.
※ 저자와 협의하여 인지를 붙이지 않습니다.
※ 이 책은 도서출판 청어람과 저작자의 계약에 의해 출판된 것이므로,
　 무단 전재 및 유포 · 공유를 금합니다.

# THE RECORD OF RETURNER

## 현중 귀환록

푸른 하늘 장편 소설

FUSION FANTASTIC STORY

**10**

전쟁의 시작

# CONTENTS

Chapter 01
자신의 마음

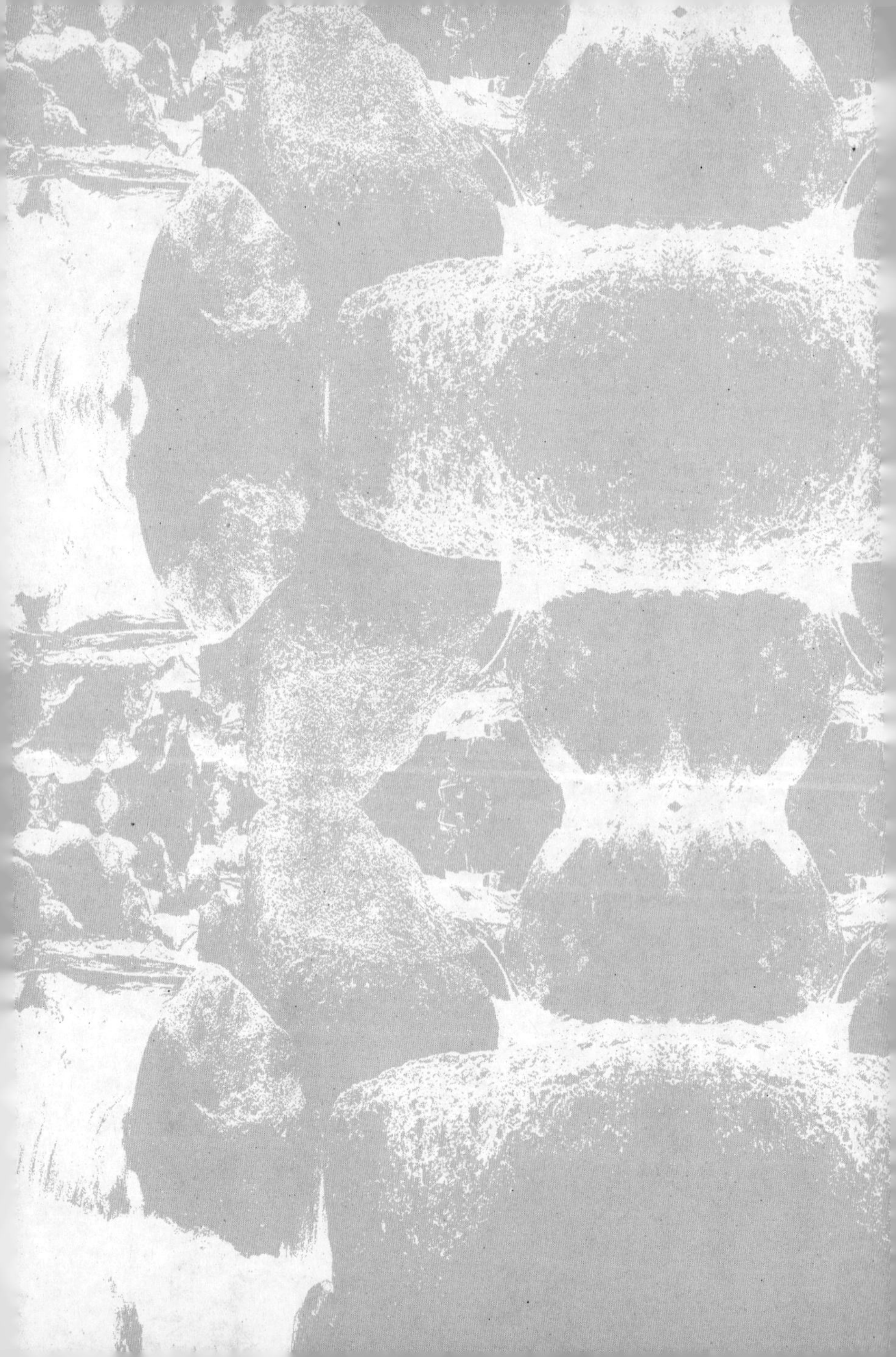

　　20대 미혼의 젊은 여사장의 취임이라는 희대의 소문과 함께 그 어떤 회사에서도 해본 적이 없는 파격적인 인사를 단행한 현중은 모든 매스컴과의 접촉을 끊은 채 오희연에게 모든 것을 미루고 대동그룹을 홀가분하게 벗어났다.

　　"정말 괜찮은 건가요?"

　　현중 옆에서 블루 빛깔의 선글라스를 쓰고 적당히 머리를 동여맨 마리아가 현중을 향해 물었다. 현중은 왜 그런 질문을 하느냐는 식으로 슬쩍 바라봤다.

　　"구조도 복잡하고 솔직히 현중 씨의 자본력이 없다면 지금

의 대동그룹은 존재하지 않았을 것이 분명해요 그런데 그런
곳을 능력이 있다지만 모르는 사람한테 맡기다니……."

마리아가 알고 있는 남자란 동물은 소유욕, 성욕과 함께 가
장 많은 것이 바로 권력에 대한 욕심이다.

특히나 남자들은 남 위에 군림하거나 올라서는 것을 좋아
한다. 옛날부터 전쟁은 모두 욕심에서 시작되어 끝난다는 말
이 있을 정도이니 오죽하겠는가? 조금 더 넓은 땅, 조금 더 많
은 부하, 조금 더 많은 사람을 발아래 두고 싶은 욕심에 인류
의 전쟁은 시작되고 지금도 계속 이어지고 있다.

하지만 현중이 그 욕구들을 전부 충만할 수 있는 대동그룹
을 너무나 홀가분하다는 듯한 표정으로 벗어나자 마리아는
이해가 가지 않는 것이다.

"능력이 있고 머리도 똑똑하고, 뭣보다 한두 번 실패했다
고 쉽게 포기할 사람은 아니라고 제가 판단했으니까요."

"그야… 저도 그렇게 생각하지만… 아깝지 않나요?"

마리아는 처음에 현중이 오희연을 대동그룹 사장으로 발
령 냈다는 것에 아무래도 할 일이 많은 현중이니 회사에서 약
간 뒤로 물러나려나 보다 하고 생각했다. 그런데 막상 신임
사장 취임식에 와보니 그게 아니었다.

마치 학교를 졸업하는 학생의 표정으로 대동그룹을 벗어
나는 현중이었다.

"마리아 씨는 제가 마치 오희연 씨에게 대동그룹을 떠넘기고 도망가는 사람처럼 말하는군요?"

씨익 웃으면서 현중이 마리아가 하고 싶은 말이 뭔지 콕 집어서 말하자,

"아하, 맞아요. 현중 씨 표정을 보면 누구라도 그렇게 생각할 거예요, 오죽하면 오희연 씨가 불안한지 취임식 내내 현중 씨의 눈치를 봤겠어요? 그 모습도 제가 이런 생각을 하게 된 것에 한몫했고요."

씨익~

현중은 대답 없이 그냥 보기 좋은 미소를 지어 보였다. 그는 마리아보다 몇 발자국 앞으로 걸어나가다가 멈춰 서더니 뒤돌아봤다.

"좋지 않나요?"

"……?"

뜬금없이 좋지 않느냐는 질문에 마리아가 고개를 갸웃거렸다. 현중은 하늘을 한번 바라보고는,

"내가 가는 곳이 길이고, 내가 서 있는 곳이 집이고, 내가 눕는 곳이 잠자리가 된다."

현중의 말을 들은 마리아는 고개를 갸웃거리면서도 말 속에 뭔가 뜻이 있다는 것을 알았다.

"현중 씨의 생각인가요?"

"아니요. 옛날 유명한 스님이 했던 말이죠. 하지만… 지금의 날 봐요 그냥 제가 좋아하는 옷차림에 편하게 다닐 수 있고, 무엇보다 내가 가는 곳이 길이 되는 것은 맞으니까요."

"후후훗, 현중 씨, 사라진 1년 동안 정신 수양이라도 한 거예요?"

마리아는 뭐랄까, 현중이 늙은이 같은 말을 하지만 이상하게 그게 싫지 않았다. 그리고 그만큼 현중의 말 속에서 느껴지는 무게감이 남달랐던 것이다.

"뭐… 지겹도록 했죠. 지겹도록."

뭔가 생각하는 듯한 현중은 물끄러미 하늘을 바라보다가 마리아를 보더니,

"배가 고프네요."

어린애가 밥때가 돼서 배고프다는 식으로 말하자 마리아는 피식 웃었다.

도대체 현중은 종잡을 수가 없었다. 어떻게 보면 몇 백 년 산 늙은이 같기도 하지만 어떨 때 보면 천진난만한 것이 어린애 같기도 했다.

하지만 뭐랄까, 사라진 1년 동안 확실히 현중의 무언가가 변했다는 것을 마리아는 이미 느끼고 있었다. 그 증거로 사라지기 전에 느낄 수 있던 현중의 위압감이 사라져 버린 것이다.

마치 평범한 사람으로 되돌아간 듯했다.

평안한 눈동자와 함께 자연스럽게 움직이는 몸짓을 보면 빈틈 하나 찾아볼 수 없을 만큼 완벽하지만 그뿐이었다. 마리아에게 특별하게 느껴지는 것은 전혀 없었다.

마치 마나가 사라진 것처럼 보이는 것이다.

하지만 베이스퍼가 마리아에게 전에 했던 말이 생각났다.


"진정한 강자는 절대로 드러나지 않는다. 지금 현중 군의 힘을 우리가 이렇게 은연중에 느낄 수 있는 것은 분명 그가 아직 완성되지 않아서일 것이다. 하지만 말이야."

"……?"

"마야, 너는 궁금하지 않느냐? 완성되지 않은 힘으로도 이미 그 끝을 알 수 없는 현중 군이다. 그런데 만약에 완성하게 되어 우리가 미약하게나마 흘러나오던 힘마저 느낄 수 없게 된다면 얼마나 강할지 말이야."


베이스퍼는 현중이 완성되지 않은 힘을 소유하고 있다는 것을 이미 알고 있었다.

하지만 그걸 굳이 말로 표현하지는 않았다. 이미 그때도 현중은 지구 최강의 생물이었으니 말이다.

그런데 그런 현중이 갑자기 1년 동안 사라졌다가 나타났다.

그리고 지금 마리아의 눈앞에 있는 현중은 평범한 사람 그 이상도 그 이하도 아니게 느껴졌다.

그 말은 베이스퍼의 말이 정확하게 맞아떨어졌다는 뜻이기도 했다.

하지만 한편으로는 도대체 현중은 무엇 때문에 저토록 강해지려고 하려는 걸까 하는 의문도 조금씩 들기 시작했다.

테른과 함께 그녀가 목격한 바 있는 마족 때문일 거라고 생각했지만, 그건 아닌 듯했다. 현중의 부하인 테른조차도 마족을 너무나 손쉽게 처리하던 것을 직접 봤으니 말이다. 그런데 그 주인인 현중이 절대로 테른보다 약할 리가 없다.

무엇보다 테른이 현중에게 보이는 충성심은 절대적인 강함에서 나오는 것임을 이미 마리아도 눈치채고 있었다. 현재 마리아가 자신의 제자들에게 그런 충성을 받고 있으니 충분히 알 수 있었다.

"배고프지 않나요?"

마리아는 현중의 말에 곧 자신의 머릿속 상념을 지워 버리고는,

"자유인이 된 기념으로 제가 맛있는 밥 대접하도록 할게요."

"그래요? 뭐, 저야 좋죠."

　현중과 마리아는 어느새 친한 친구 사이보다는 조금 더 가까운 사이가 되었다.
　사랑이 서투른 마리아는 천천히 현중을 향해 다가갔고, 현중은 그런 마리아를 거부하지 않고 그대로 놔두었다.
　치우천왕의 말이 생각났기 때문이다.


　[마음이란 하늘과 같은 것이란다. 때론 맑다가도 흐리고, 어떨 때는 하늘이 무너질 것처럼 난리를 치기도 하지. 하지만 현중 아이야, 넌 아느냐?]
　'…….'
　현중은 치우가 하는 말이 쉽게 이해되지 않았다.
　[하늘은 맑은 날이 더 많단다. 흐리거나 비 오는 날은 1년 중에 겨우 1/3도 되지 않는단다. 그리고 마음은 그 누구의 간섭도 허용하지 않지. 신조차도 자유의지를 조정할 수 없는 법이거든. 이제 너도 슬슬 장가가야 할 나이가 되지 않았더냐? 뭐… 자식까지는 모르겠지만 알콩달콩 살아봐야 행복이 뭔지도 알지 않겠느냐.]
　노골적으로 치우는 현중에게 장가가라는 말을 하고 있었다.
　솔직히 현중은 결혼에 대한 특별한 생각이 없었다. 혼자서도 편했고, 자유롭고, 아무런 부족함을 느끼지 못했기 때문이다.

　만능의 테른이 있고, 재력은 한국을 뒤흔들 만큼 가지고 있으며, 능력 또한 이미 지구 전체를 상대로 해도 끄떡없을 만큼 무적이다.

　물론 치우도 그런 현중을 잘 알고 있다. 치우가 먼저 현중이 지금 걷고 있는 길을 걸었으니 말이다.

　하지만 그렇기에 치우는 현중에게 무엇이 부족한지 너무나 잘 알고 있었다.

　행복.

　글자로 쓰면 정말 간단하지만 이 행복이라는 것을 느끼면서 살아가는 사람은 과연 얼마나 될까?

　치우천왕조차 자신이 행복하게 살았었느냐고 묻는다면 쉽게 대답하지 못했다.

　너무나 강해서, 너무나 압도적인 능력으로 인해 이미 치우에게 평범한 여자로서의 행복은 없어져 버렸기 때문이다.

　전쟁터에서 살았고, 전쟁터에서 자신의 인간으로서의 운명을 마무리 지었다.

　결혼? 행복? 치우천왕은 자신이 신의 반열에 오르고 나서야 가장 필요하고 느껴야 했던 것을 전혀 느끼지 못한 채 신이 되었다는 것에 후회했다.

　치우천왕은 현중은 그런 것을 느끼지 않았으면 했다.

결혼도 하지 않고 아이도 없지만 치우에게 현중은 자식이나 마찬가지였다.

자신의 치우천황무를 익혔고, 따지고 보면 자손이니 자식이나 마찬가지였던 것이다.

[현중 아이야.]

"네, 치우천왕님."

[카일라제와 일전이 끝나고 나면 너도 돌아갈 곳이 있어야 하지 않겠느냐?]

"……."

현중은 치우천왕의 마지막 말을 듣고는 고개를 끄덕였다. 돌아갈 곳이 필요한 것은 사실이었으니 말이다. 카일라제에게 이길지 질지 모르지만 어찌 되었든 현중에게는 현재 돌아갈 곳이 없었다. 그걸 치우천왕에게 듣고서야 느끼게 된 것이다.

[여자란 남자에게 돌아갈 곳을 만들어주는 존재란다. 그리고 그것을 행복으로 여기는 게 여자란 동물이지.]

뭔가 쓸쓸한 듯한 치우천왕의 눈빛을 본 현중은 그제야 왜 치우천왕이 현중에게 이렇게 집요하게 장가가라는 말을 하는지 대충은 느낄 수 있었다.

자신이 느껴보지 못했고 누려보지 못한 행복을 현중은 느껴보았으면 하는 것이다.

"알겠습니다."

현중이 고개를 숙이며 대답하자 치우천왕은,

[많은 것을 바라진 않는다. 다만 다가오는 행복을 막아서지는 말아라. 후회는 언제 하더라도 늦은 것이니 말이다.]


마리아를 보면서 잠시 회상을 하던 현중은 지금 자신의 곁으로 다가오는 마리아를 향해 시선을 향하였다. 그리고 자신이 정말 마리아를 좋아하는 걸까 하는 생각을 잠깐 했다.

하지만 결론은,

'모르겠군.'

너무 어린 나이에 홍지연과 사귀게 되었고, 두근거리는 것이 사랑이라 생각했던 풋풋한 현중은 이미 없었다.

하지만 마리아가 싫진 않았다. 그리고 왠지 다가오는 것이 좋기도 했다.

씨익~

"왜 웃어요?"

마리아는 자신이 현중 바로 앞에 서는 것과 동시에 현중의 입가에 미소가 보이자 물었다.

"이렇게 마리아 씨와 평범하게 마주 본 적이 없다는 생각이 들었거든요."

"흠, 뭐, 그렇긴 하네요."

마리아와 현중의 만남은 언제나 무슨 일이 있거나 사건이 터져야 만났으니 말 그대로 '용건만 간단히' 였다.

"그리고 처음으로 알았군요."

"네? 뭐를?"

"마리아 씨가 아름답다는 것을요."

화끈!

갑자기 현중의 말이 끝나자 마리아는 목부터 귀까지 순식간에 새빨갛게 변했다. 누가 보면 머리가 터질지도 모른다고 걱정할 정도가 되었다.

그 정도로 마리아의 목과 얼굴은 붉게 변해 있었다.

"가, 가, 갑자기 무슨… 말을… 하는… 거예요!"

느닷없는 현중의 폭탄 발언에 마리아가 당황하면서 말까지 더듬었다. 현중은 그런 마리아의 반응이 재미있다는 듯 웃으면서,

"그냥 제가 느낀 그대로 말했을 뿐이에요."

"그야… 뭐… 제가… 예쁘긴… 헛! 그게 아니라… 아, 내가 그냥… 뭐더라… 그러니까……."

한순간에 멘탈 붕괴 수준으로 마리아의 머릿속은 하얗게 변해 버렸다. 설마 현중이 이런 곳에서, 그것도 마주 보고 자신에게 아름답다는 말을 할 줄은 예상도 못했기에 어떻게 할 줄을 몰랐다.

그리고 마리아는 자신이 현중의 한마디에 이렇게까지 당황하면서 멍청해질 줄도 몰랐던 것이다.

"밥 먹으러 가죠."

별일 아니라는 듯 현중이 몸을 돌려 그대로 걸어가자 마리아는 갑자기 그런 현중의 모습을 멍하니 바라보다가,

"…에휴."

한숨을 쉬고는 자신의 뺨을 양손으로 강하게 쳤다.

쫘악!

갑자기 대로변에 마리아의 양볼을 때리는 소리가 울려 퍼졌다. 사방에서 마리아를 바라봤지만 오히려 마리아는 이런 자신의 행동으로 잠시나마 정신을 차릴 수 있었다.

"내가 뭘 바라. 저 남자한테서. 후후훗."

입으로는 투덜거리는 듯 말했지만 마리아의 입가에는 이미 미소가 커다랗게 걸려 있었다.

현중은 절대로 농담이나 마음에 없는 말을 하는 사람이 아니다. 그런데 그런 현중이 자신을 보고 아름답다고 했다는 것은 여자로서 완벽하게 인정했다는 말과 같았다.

그게 좋았던 것이다. 자신을 여자로 봐주고 인정해 주는 것이 말이다.

조금씩 다가가는 마리아에게는 조금 전 현중이 했던 아름답다는 말 한마디가 1년 동안의 마음 졸임을 한순간에 날려

버리는 결정적인 계기가 되었다.

사뿐한 걸음으로 현중의 곁으로 마리아가 다가가자,

"손자국 남겠군요."

현중이 한마디 했다.

"별수 없죠. 누구 때문에 이렇게 됐으니까요."

그러면서 현중을 슬쩍 바라보자 현중도 대충은 아는지 웃으면서 고개를 돌렸다.

하지만 이런 현중의 모습이 오히려 마리아는 좋았다.

말로만 사랑을 떠드는 녀석보다는 행동으로, 움직임으로 자신의 마음을 말해주는 현중이 말이다.

뭐 솔직히 이미 현중에게 빠져 버린 마리아는 현중의 그 모든 것이 사랑스럽게 보일 수밖에 없었다.

콩깍지가 씌어도 아주 단단히 씌어버린 것이다.

거기다 마리아의 뇌리에는 현중이 했던 말이 계속 잔상처럼 남아 있었다.


"아름답군요."


아마 죽을 때까지 잊지 못할 것이라고 생각하는 마리아였다.

이렇게 현중과 마리아가 걸어서 밥을 먹으러 향한 곳은 천산호텔이었다.

별 다섯 개의 오성급 호텔로 외국의 국빈급이나 귀빈들이 자주 찾는 곳이다. 물론 그만큼 호텔의 콧대가 높은 것도 있지만 모든 면에서 국내 최고라고 자부하는 곳이기에 마리아도 어느 정도 인정하고 있었다.

거기다 얼마 전에 이곳에서 먹었던 추천 요리가 마음에 들었기에 현중에게도 맛보게 하고 싶어서 일부러 데리고 온 것이다.

그런데,

"안 됩니다."

"……?"

현중은 지금 천산호텔 입구에서 직원들에 가로막혀 호텔엔 발도 들여놓지 못했다.

"왜 안 된다는 겁니까?"

현중이 조용히 물어보자 직원은 현중을 아래위로 훑어보더니 뭔가 한심하다는 듯한 표정을 지어 보였다. 그는 현중을 향해 정중하지만 단호한 어조로,

"이곳은 국내 최고의 오성급 호텔인 천산호텔입니다. 이런 옷차림은 입장이 불가능합니다."

"옷차림?"

현중은 자신의 옷차림을 걸고넘어지는 직원의 말에 슬쩍

자신의 꼴을 내려다봤다. 깔끔한 티셔츠에 전에 마리아가 사준 면바지에 편한 운동화 차림이다. 야구모자도 쓰고 있다.

"이게 문제가 됩니까?"

현중이 자신의 옷차림이 뭔 문제냐는 듯 되물었다. 직원은 현중을 한 번 더 보더니 현중의 가슴에 손을 대고는,

"죄송하지만 정식으로 갖춰 입고 다시 방문해 주십시오."

라고 하면서 현중을 밀려고 했다.

하지만,

"……!"

꿈쩍도 하지 않는 현중이었다.

직원은 다시 한 번 현중을 밀었는데 어떻게 된 건지 커다란 벽을 밀고 있는 느낌을 받았다.

그때쯤 이미 안으로 들어간 마리아는 현중이 뒤따라 들어오지 않는다는 것을 알았다. 무슨 일이 있는가 싶어서 뒤돌아 나오려는데 입구에서 직원과 실랑이하고 있는 현중을 발견했다.

그녀가 재빨리 뭐라고 말을 하려 하자 현중이 고개를 저어 보였다. 마리아가 행동을 멈췄다.

"무슨 생각인 거지, 현중 씨는? 그리고 왜 직원이 막아선 거지?"

마리아도 직원이 왜 현중을 막았고 저렇게 밀어내려고 용

을 쓰는지 영문을 몰랐다.

그때 현중의 옆으로 유카타를 입은 여자와 반바지에 헐렁한 티셔츠 차림의 금발의 남자가 호텔 안으로 들어갔다.

"그럼 저 사람들은 왜 그냥 들어가는 겁니까?"

"이, 이! 네?"

힘껏 어떻게든 현중을 밀어붙이려고 했던 직원은 현중의 말에 고개를 돌려 보더니,

"뭐가 말입니까?"

"저기 저 유카타와 반바지 차림의 금발의 남자는 왜 그냥 들어가는 겁니까?"

누가 봐도 현중보다 더 편한 옷차림이다.

하지만 그런 외국인들은 막아서지 않고 현중은 막아섰다. 이건 누가 봐도 좀 이상한 광경인 것이다.

"아, 진짜 좋게 말로 하려고 했더니! 이봐요!"

"……?"

힘으로 안 되자 열이 받은 직원은 결국 현중을 향해 거칠게 말하기 시작했다.

"저기 저분들과 당신이 같다고 생각해? 저분들은 일본 대사님의 따님과 미국 대사님의 아드님이란 말이오! 당신과는 차원이 달라, 차원이!"

"음……."

현중은 잠깐 그들을 바라보다가 직원을 보고는,

"그럼 한국 사람은 정장이 아니면 이곳에 출입을 못한다는 말이군. 한.국. 사.람.만. 말이지."

갑자기 현중의 목소리가 차갑게 변하면서 말을 끊어 하더니 존대도 사라져 버렸다.

직원도 갑자기 자신을 향해 반말을 하는 현중이 짜증나는지,

"이곳 호텔의 규칙이니 어서 나가! 어디서 별 거지같은 게! 나 참."

직원의 감정적인 말투에도 현중은 뭔가 곰곰이 생각하더니 직원을 쳐다보았다.

"이곳 책임자가 누구지?"

"어쭈? 이 사람이 보자 보자 하니까 정말! 당신이 그걸 알아서 뭐하게?"

열이 받을 대로 받은 직원은 혼자 난리쳤다. 현중은 여전히 편안한 표정으로,

"내가 보고 싶으니까."

"뭐? 보, 보고 싶으니까? 이 사람이 진짜 경찰을 불러서 쫓아내야 정신을 차리려나, 정말!"

직원은 협박도 서슴지 않았지만 현중은 오히려 느긋하게 직원을 향해 말했다.

“책임자 불러.”

“뭐? 이, 이 사람이……. 아, 그래! 불러주마, 불러줄게. 아, 진짜 꼭 한 달에 한 번은 이런 인간들이 온단 말이야. 진짜 재수없게.”

현중을 면전에 두고 욕과 비슷한 말까지 한 직원은 거칠게 무전기를 꺼냈다.

“지배인님, 입구로 좀 와주서야겠습니다. 네, 네. 꼴통 하나가 지금 버티고 있는데 도저히 방법이 없습니다. 네, 네. 기다리겠습니다.”

딸각.

직원은 무전기를 끊고 다시 현중을 바라보았다.

“당신 같은 사람은 귀찮도록 많이 오니까 좋게 말로 할 때 그냥 가라. 응?”

직원은 이제 아예 노골적으로 손까지 휘휘 저으면서 현중을 향해 얼른 꺼지라고 말하고 있다.

이런 모습을 뒤에서 지켜본 마리아는 화가 머리끝까지 치밀어 올라 당장 저 직원의 머리를 잡고 던져 버리고 싶었지만 참고 있었다.

당사자인 현중이 저렇게 느긋하게 있으니 뭐라고 나서기도 애매했다.

그리고 잠시 뒤에 대머리의 50대 초반으로 보이는 남자가 현중에게 다가가는 것을 보았다.

"무슨 일인데 바쁜 사람 불러?"

지배인도 직원이 불러 오긴 했지만 귀찮다는 표정이 역력했다. 직원은 말도 없이 턱으로 현중을 가리키면서,

"지배인님을 불러달라고 아주 생떼를 쓰는데 제가 미치겠습니다."

"뭐? 나를?"

지배인은 자신을 불러달라고 난리쳤다는 말에 눈꼬리를 치켜 올리면서 현중을 바라봤다.

혹시나 자신이 아는 사람인가 싶은 생각에 우선 습관적으로 말보다 상대를 살펴보는 것이다.

하지만 1년 정도 완전 잠수를 탔고, 테른도 회사 업무 외에는 대외적으로 움직인 적이 없었다. 대동그룹은 오희연이 거의 얼굴마담으로 1년 동안 한국을 휘젓고 다녔으니 지금 현중의 얼굴을 지배인이 알아볼 리가 없다.

거기다 현중은 이런 호텔은 처음이다. 본래 자신의 성격과 맞지 않아서 오지도 않았던 것이다.

"누구신지 모르겠지만 이렇게 소란을 피우면 저희가 곤란합니다."

지배인은 역시나 현중을 알아보지 못했다. 알아보았다면 저렇게 말할 리가 없다.

하지면 현중은 지배인이 알아보든지 말든지 상관없다는 듯,

"당신이 이 호텔의 책임자인가?"

"책임자?"

정중하게 말한 자신의 말을 그대로 씹어버리고 반말을 하는 현중의 모습에 지배인은 미간을 찡그렸다. 하지만 서비스업이란 세상 더러운 꼴은 다 보는 직업이다 보니 직원처럼 쉽게 흥분하진 않았다.

"제가 호텔 경비를 담당하고 있습니다. 그러니 저에게 말씀하시면 됩니다."

"그래? 그럼 내 옷차림이 천산호텔에 입장할 수 없다고 저 녀석이 그러던데, 그럼 호텔 규칙에 한국 사람은 정장이 아니면 출입이 안 되는 건가?"

지배인은 현중의 말에 대번에 무슨 일이 벌어진 것인지 알아챘다.

그러자 지배인의 표정이 바뀌면서 허리를 꼿꼿이 세우더니 현중을 똑바로 올려다봤다.

현중이 지배인보다 키가 10cm 정도 컸기에 어쩔 수 없이 올려다봐야 했다.

"호텔 규칙입니다. 안 됩니다."

"외국인은 되고?"

"그렇습니다."

"오호~"

현중은 잠시 지배인을 바라보더니,

"그럼 한복을 입어도 천산호텔에는 입장을 못하는 건가?"

현중의 말에 지배인은 1초의 생각도 없이 곧바로,

"당연히 안 됩니다. 무조건 정장입니다."

지배인의 말을 들은 현중은 갑자기 웃기 시작했다.

"크크크크큭, 그래, 그렇단 말이지. 크크큭, 크크크큭, 그렇단 말이지."

현중의 웃음이 지배인은 기분이 나빴다. 그는 최대한 정중한 어투로 말했다.

"그렇게 아셨으면 이제 돌아가 주시겠습니까? 저희 호텔 영업을 이렇게 계속 방해하신다면 경찰을 부를 수밖에 없습니다."

지배인도 현중을 향해 경찰을 들먹이면서 협박했다.

그런데 그때,

"어머! 현중 씨!"

호텔 안쪽에서 현중을 부르는 목소리가 들렸다.

"……?"

현중은 웃음을 멈추고 고개를 돌렸다. 천유화가 화사한 원피스를 입고 빠른 걸음으로 현중에게 다가오고 있었다.

"헛! 아가씨!"

지배인은 급히 천유화를 향해 고개를 숙였고, 직원도 천유화를 보고는 90도로 인사했다.

천유화는 그런 그들은 애초에 관심도 없는지 그대로 지나쳐 현중에게 다가왔다.

"어쩐 일이에요? 이런 곳에서 현중 씨를 보다니 오늘 운이 좋으려나? 후후훗."

뜻하지 않은 곳에서 현중을 봤다는 것에 천유화는 기분이 좋은지 싱글벙글했다.

"제가 모시고 왔거든요."

"응? 이 목소리는……?"

천유화는 자신의 뒤에서 들리는 익숙한 목소리에 고개를 돌려보니 역시나 마리아가 살짝 굳은 얼굴로 서 있다.

"쳇, 그보다 어쩐 일이에요?"

천유화는 노골적으로 마리아를 슬쩍 무시하고는 다시 현중에게 물었다.

"밥 먹으러 왔습니다만……."

"그래요? 어떤 거요? 제가 맛있는 거 사 드릴게요."

밥 먹으러 왔다는 말에 천유화가 호들갑을 떨었다. 그런데 현중은 오히려 한 발짝 뒤로 물러나면서,

"그런데 다른 곳으로 가야 할 것 같군요."

"네? 그게 무슨 말이에요? 방금 밥 먹으러 왔다면서요? 자랑은 아니지만 천산호텔 음식은 국내 최고 수준이에요."

혹시나 현중이 이대로 가버릴까 봐 천유화는 슬쩍 현중의 곁으로 가더니 그의 손을 잡았다. 그런데 현중은,

"저 사람들이 저를 보고 꺼지라고 하는군요."

"네?"

순간 천유화는 현중의 말을 잘못 들었나 싶어 다시 물었다.

"방금… 꺼지라고 했나요? 누가요? 누가 현중 씨를 꺼지라고 해요?"

천유화도 현중의 입으로 듣긴 했지만 상상도 못한 말이기에 천천히 다시 물었다. 현중은 손가락을 들어 직원과 지배인을 가리키면서,

"한국 사람은 정장이 아니면 한복을 입든 뭘 입든 출입이 안 된다고 꺼지라더군요, 저에게. 그래서 지금 쫓겨나는 중입니다."

현중은 그대로 미련없이 몸을 돌렸다.

그러자 마리아도 기다렸다는 듯 현중을 따라 걸어 나가면서 일부러 슬쩍 말을 흘렸다.

"대동그룹의 김현중 회장을 쫓아내는 협력 그룹의 천산호텔이라……. 참 대단하군요."

"……!!"

"……!!"

순간 뭔가 잘못되어 가고 있다고 생각하던 지배인과 직원은 마리아의 한마디에 마치 하늘에서 머릿속으로 벼락이 치는 것 같았다.

현재 IT 분야로는 세계를 상대로 명성을 떨치고 있는 곳이 대동그룹이다. W패드가 없으면 이곳 호텔도 업무가 마비될 정도로 이미 천산호텔은 그 누구보다 먼저 W패드를 호텔 업무에 도입한 곳이기도 했다.

그런데 방금 자신들이 쫓아내려고 했던 사람이 대동그룹의 김현중 회장이라니 이건 도저히 말이 안 된다고 생각하는 것이다.

하지만 곧이어 들린 천유화의 목소리에 그런 실낱같은 희망도 사라져 버렸다.

"지금 당신들, 무슨 짓을 한 건지 알기나 해요?"

지배인과 직원을 쳐다보는 천유화의 얼굴은 얼음장처럼 차가워져 있었다.

두 사람은 아무 말도 할 수 없었다. 아니, 입을 열 용기조차 나지 않았다.

"오늘 일은 제가 직접 처리할 테니 당신들은 우선 각자의 자리로 돌아가 봐요."

그리고 천유화는 그대로 현중을 따라 뛰어가기 시작했다.

"……"

"……"

　직원과 지배인은 천유화가 사라진 곳을 물끄러미 바라보다가 그대로 털썩 주저앉아 버렸다.

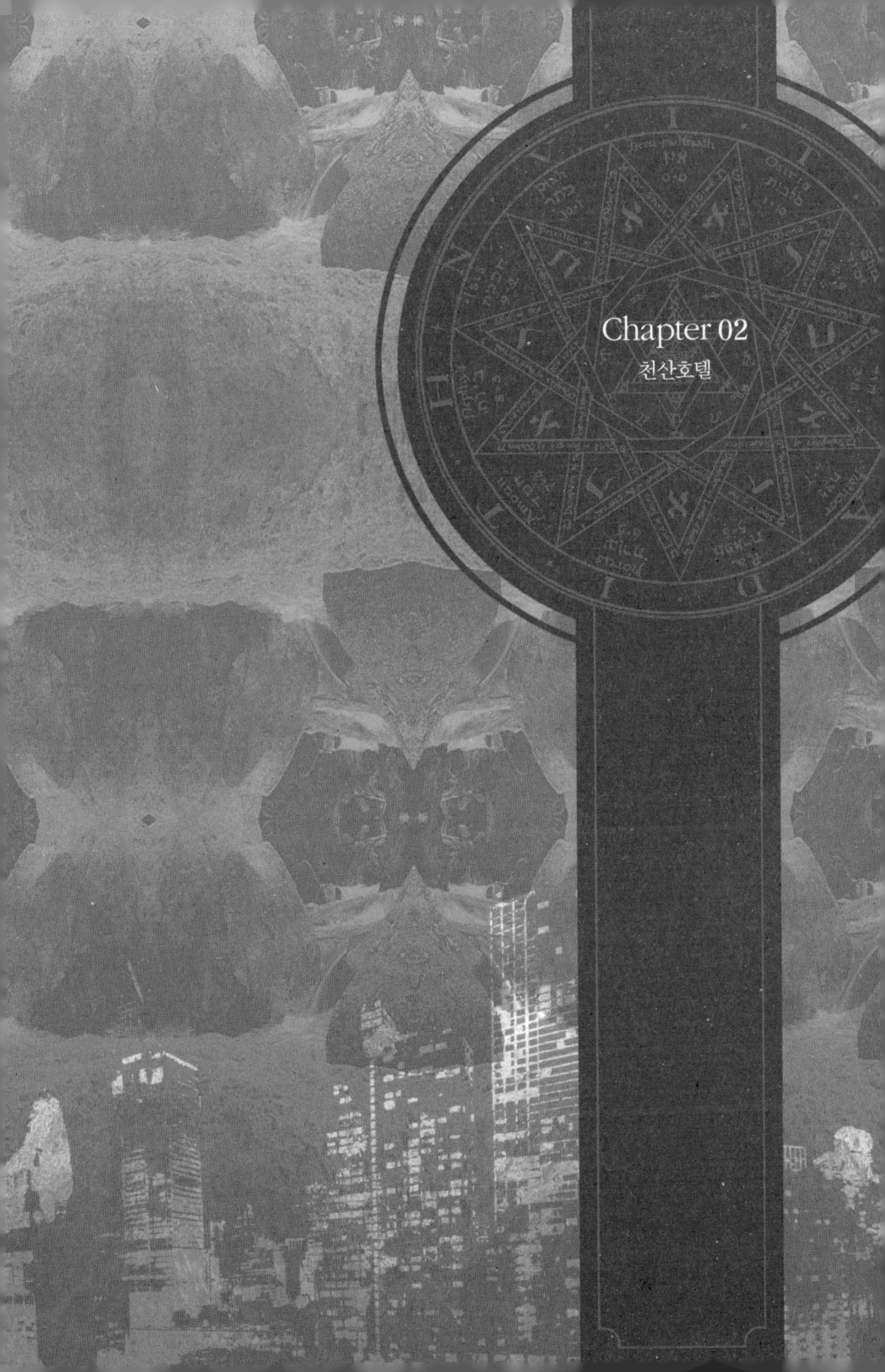
Chapter 02
천산호텔

"내가… 무슨 짓을 한 거지."

지배인은 이제야 기억 저편의 구석에서 대동그룹의 20대 회장의 얼굴을 기억해 낼 수 있었다. 물론 모자를 쓰고 있긴 했지만 대동그룹의 회장인 김현중이 맞았다.

지배인은 그나마 현중의 얼굴을 기억해 내기라도 했지만 직원은 이제 입사한 지 6개월 된 녀석이라 아직도 자신이 무슨 짓을 했고, 앞으로 자신들이 어떤 일을 당할지 상상조차 못하고 있었다.

그렇게 호텔 입구에 주저앉은 지배인과 직원이 보는 눈앞에, 다시 천유화가 현중을 억지로 이끌고 호텔로 돌아오고 있었다.

"야! 정신 차려! 이대로 완전 쫓겨나기 싫으면!"

지배인은 현중이 다시 천유화의 손에 이끌려오는 모습을 보자 아직 완전히 기회가 사라진 것은 아니라고 생각하는 듯 급히 원수 같은 직원을 일으켜 세웠다.

마음이야 당장 자신을 부른 직원의 목을 쳐버리고 싶지만 우선 자신이 살아나기 위해서는 원수 같은 직원의 도움이 필요하기 때문이다.

그리고 현중이 다시 호텔 입구에 들어서자,

"어서 오십시오, 김현중 회장님."

90도가 넘을 만큼 허리를 굽혀 인사하는 지배인과 얼떨결에 지배인을 따라 인사하는 직원이었다.

잠깐 호텔 앞을 떠났던 현중은 어느새 정장을 입고 있었다. 테른의 도움을 받아 갈아입은 것이다.

"그쪽 말대로 정장으로 바꿔 입었으니 이제 들어갈 수 있겠습니까?"

현중이 오히려 정중하면서도 낮은 목소리로 지배인에게 말하자 지배인은 겨드랑이는 물론 사타구니까지 식은땀으로 흥건히 젖어버렸다.

"무슨 말씀을 그렇게 하십니까. 제가 회장님을 알아보지 못한 것이 큰 실수입니다. 용서해 주십시오.”

지배인은 이대로 현중이 못 이기는 척 용서를 해주면 약간의 피해만 입고 본래의 자신의 자리로 돌아갈 수 있었다.

사회 고위층은 지배인이 이렇게 인사를 하면 아량이 넓은 것처럼 보이기 위해 못 이기는 척 용서를 해주는 경우가 대부분이기에 지배인은 이것에 희망을 걸었다.

하지만 현중은 옆에 있는 천유화를 보면서,

“천유화 씨.“

“네?”

“천산호텔에서는 한국 사람은 정장이 아니면 한복을 입든 편한 옷을 입든 무조건 입장을 못하게 하는 호텔 내 규칙이 있습니까?”

“……!”

“……!”

현중의 말에 지배인과 직원은 그대로 굳어버렸다.

“무슨 말이에요? 그런 규칙이 있을 리가 없잖아요. 저도 처음 들어보는 규칙인데요.”

천유화는 무슨 말도 안 되는 소리를 하느냐고 손사래를 치려고 했다.

그런데 살짝 손을 들던 천유화는 현중의 표정을 읽고는 천천히 손을 내리더니,

“지배인.”

“넷, 아가씨.”

“천산호텔에 제가 모르는 규칙이 있던가요?”

천산호텔도 엄연히 천유화가 관리하는 곳 중 하나다. 현재 천산그룹에서 천유화의 세력은 점점 더 넓어지고 있었다.

발 빠른 W패드의 합작과 도입으로 인해 회사에 엄청난 흑자를 안겨주고 있기도 했고, 천산그룹에서 처음으로 여자 후계자가 나온다는 말이 공공연히 나돌 정도였으니 말이다.

한마디로 현재 천산그룹의 실세는 바로 천유화였다.

그리고 그런 천유화가 지금 지배인과 직원을 상대로 물어보고 있었다.

“없습니다.”

“그럼… 김현중 회장님의 말은 뭔가요?”

“그, 그게… 그게… 그게……..”

갑자기 말문이 막혀 버린 지배인의 모습에 천유화는 얼굴 표정이 굳어버렸다.

혹시나 했는데 사실이었던 것이다. 자신이 관리하는 천산호텔에서 현중을 쫓아내려고 했던 것이다. 그것도 호텔 경비를 담당하고 있는 위치에 있는 지배인이 말이다.

모든 것을 떠나 현재 마리아와 미묘하게 신경전을 하고 있는 천유화에게 이번 실수는 타격이 될 수밖에 없었다.

　물론 현중이 매스컴에 노출이 되지 않는 것도 있고 이런 호텔에 왔다는 말을 들어본 적이 없을 만큼 독특한 성격이지만 오성급 호텔의 지배인이 현중을 알아보지 못한 것은 커다란 실수였다.

　이미 호텔의 규율이나 모든 것을 떠나 천유화 자신이 관리를 잘못했다는 것을 그대로 드러내 보였으니 말이다.

　"나중에 자세한 이야기를 듣기로 하죠."

　호텔 입구에 이렇게 계속 서 있을 수는 없는 일이다. 우선 급한 것은 실수를 한 직원을 처벌하는 게 아니라 현중의 마음을 풀어주는 것이라는 생각에 천유화는 현중을 데리고 레스토랑으로 향했다.

　털썩.

　천유화가 멀어지자 90도로 숙여 있던 모습 그대로 바닥에 주저앉아 버린 지배인은,

　"이제 끝이군."

　자신의 지배인 인생은 오늘로 끝났다는 것을 느낄 수 있었다.

　그리고 아직도 뭐가 잘못된 건지 확실히 느끼지 못하고 있는 직원을 무섭게 노려보면서,

　"자네!"

　"넷! 지배인님!"

“날 따라와!!”

“넷!!”

터벅터벅.

직원은 눈에서 불꽃이 튀는 지배인의 뒤를 따라 힘없이 직원 전용 휴게실로 들어갔다.

*　　　*　　　*

“미안해요.”

현중을 데리고 룸으로 이루어진 방으로 들어온 천유화는 마리아와 현중을 향해 정중하게 사과했다. 이유야 어찌 되었든 간에 현중을 문전박대한 것은 사실이다.

막말로 별 다섯 개를 달고 있는 호텔이라는 이름이 무색해지는 상황이 벌어진 것이다.

현중만이 문제가 아니었다. 천유화에게 있어서 마리아는 연적이기 이전에 탬플재단 이사장에다 외교관 신분을 가진 자였다.

그런 그녀의 동행인 현중을 문전박대했다는 것은 그녀를 거절했다는 것과 같은 말이었다.

즉, 영국이란 국가를 상대로 모욕을 줬다고 우겨도 달리 변명거리가 없는 것이다.

"……."

현중은 천유화의 사과를 듣고도 가만히 창밖을 바라보기만 했다.

대략 10분의 시간이 흘렀을까?

룸에 들어온 이후로 현중은 단 한 마디도 하지 않고 있는 것이다.

천유화는 태어나 처음으로 10분이라는 시간이 이렇게 길다는 것을 느꼈다. 거기다 마리아까지 굳은 표정으로 가만히 있으니 천유화에게 현재 이곳은 가시방석이 따로 없었다.

"유화 씨."

"네?"

기나긴 침묵 끝에 드디어 입을 연 것은 현중이 아닌 마리아였다.

"천산호텔은 국내에서 다섯 손가락 안에 들어가는 호텔이라고 들었어요. 실제로 저도 세계 다른 호텔과 비교해서 수준이 낮다는 생각을 해본 적이 없고요 하지만 이번에는 좀 실망이네요. 자.국.민을 상대로 옷차림이 불량하다는 이유로 쫓아내다니……."

마리아는 일부러 자국민이라는 말에 힘을 주어 말했다.

서비스업의 정점에 올라 있는 것이 바로 호텔이다. 호텔은 한마디로 서비스로 시작해서 서비스로 끝나는 곳이다. 한 치의 실수가 큰 타격으로 돌아올 수 있는 게 바로 호텔업이었다.

그리고 그 큰일이 벌어진 것이다.

"저도 그건… 입이 열 개라도 할 말이 없네요. 제 불찰이에요, 직원들 교육을 잘못 시킨 제 잘못이에요."

어찌 되었든 천유화는 관리하는 위치에 있으니 그녀의 책임이긴 했다.

하지만 마리아는 현중이 문전박대를 당했다는 것에 아직도 기가 막히는지 표정은 여전히 굳어 있었고, 무엇보다 문전박대를 당한 당사자인 현중이 저렇게 입을 다물고 창밖만 보고 있으니 천유화는 답답하기만 했다.

"천유화 씨."

"네! 헛, 미안해요."

드디어 현중이 창밖을 보던 시선을 돌려 천유화를 바라보면서 불렀다. 그녀는 그만 기쁨에 목소리가 크게 나오자 당황해서 급히 손으로 입을 막았다.

"책임자를 불러주시겠습니까?"

"네? 책임자라니… 제가 현재 천산호텔 총 관리를 맡고 있어요."

천유화는 자신이 바로 눈앞에 있는데 책임자를 찾는 현중의 말에 살짝 기분이 상하긴 했지만 조용하게 말했다. 잘못은 자신 측이 했으니 말이다.

그런데 현중은 그런 천유화의 말에 고개를 흔들면서,

"총지배인을 불러주세요. 호텔은 제가 알기로 총괄적으로 업무를 지시하고 관리하는 실질적인 책임자가 있다고 들었습니다만."

한마디로 천유화는 대표적인 책임자지 실제로 호텔 업무를 지시하거나 관리하는 사람은 아니라는 것을 알고 있다는 현중의 말이었다.

슬쩍 고개를 숙인 천유화는 그동안 현중의 성격을 대충 느꼈기에 별다른 말 없이 곧바로 호출 버튼을 눌러서 뭔가 지시를 내렸다.

딸각!

천유화의 지시를 받은 직원이 나가고 대략 몇 분이 지났을까? 룸의 문이 열리면서 짧은 머리에 마치 마네킹이 옷을 입은 듯 조금의 흐트러짐도 없는 옷차림을 한 50대 중년의 남자가 들어왔다.

"아가씨, 부르셨습니까."

남자는 들어오자마자 곧바로 천유화에게 90도로 인사를 했다.

남자의 인사를 받은 천유화는 현중을 향해,

"이쪽이 저희 천산호텔의 모든 업무를 총괄하는 모리 사스케 이사님이에요."

"……?"

현중은 남자의 이름을 듣고는 좀 의외였다. 별 다섯 개 등급의 국내 호텔 총책임자가 일본 사람이라는 것이 말이다.

"모리 사스케 이사님, 아마 제가 왜 불렀는지 보고를 받았을 거라고 생각합니다."

"네. 제 불찰입니다."

아주 유창한 한국어로 천유화와 이야기를 나누는 모습을 보니 이름만 아니면 한국 사람이라고 해도 감쪽같이 믿을 정도로 한국어가 부드러웠다.

그런데 현중은 그런 사스케 이사를 가만히 지켜보다가,

드르륵.

갑자기 자리에서 일어나 곁으로 다가갔다.

"죄송합니다, 김현중 회장님."

사스케는 현중이 다가오자 이미 직원들의 실수를 들었기에 다시 고개를 숙여 인사를 했다. 그런데 현중은 그런 사스케의 인사는 받지도 않고 가만히 서서 바라보기만 했다.

"모리 사스케, 카이쇼 무사시의 제자군요."

"……!"

사스케는 갑작스런 현중의 말에 당황했는지 잠깐 얼굴 표정이 굳었다가 풀어지면서,

"어떻게 아셨는지 모르지만, 맞습니다. 그분 밑에서 잠시 수업을 쌓은 적이 있습니다."

"크크큭."

현중은 사스케의 말에 오히려 콧방귀를 뀌면서 웃더니,

부웅!!

느닷없이 사스케의 가슴을 향해 주먹을 내질렀다.

파악!

주루룩!

설마 현중이 사스케를 향해 주먹질을 할 것이라고는 이곳의 그 누구도 생각하지 못했기에 현중의 행동에 입만 벌린 채 말도 한마디 못하고 있었다.

거기다 천유화는 사스케가 현중의 주먹에 뒤로 밀리긴 했지만 정확하게 주먹을 막아내는 모습에 놀라는 중이었다.

무술이 어떤 건지 배운 적이 없는 천유화가 보기에도 현중의 주먹은 정말 빨랐다.

물론 마리아는 현중의 주먹에 힘이 전혀 실리지 않았다는 것을 알고 있기에 그리 놀라지 않았지만 평범한 일반인으로 보였던 사스케가 기습적인 현중의 주먹을 막아내자 그 모습에 사스케를 다시 보는 중이었다.

"크흡."

막아내긴 했지만 불시의 공격이라 그런지 현중의 주먹을

막은 양팔이 아직도 저린 사스케는 고개를 바짝 쳐들고는 현중을 향해,

"아무리 저희 직원이 실수를 했다지만 먼저 주먹을 쓰는 건 경우가 아니라고 생각됩니다."

"크크크큭."

현중은 저린 팔을 흔들면서 풀고 있는 사스케의 모습에 계속 웃기만 했다.

그런 현중의 모습이 영 기분에 거슬리는 사스케가 큰 소리로 뭐라고 소리치려는데 현중의 몸이 살짝 흔들리는가 싶더니 눈앞에서 사라져 버렸다.

"……!!"

바로 눈앞에서 사람이 사라지는 것을 처음 경험한 사스케는 아주 짧은 순간이었지만 당황했다. 그리고,

퍼걱!!

왼쪽 볼에서 느껴지는 쓰라린 통증과 함께 눈앞이 하얗게 변하는 것을 경험하고는 그대로 룸 구석으로 처박혀 버렸다.

"꺄악!!"

천유화가 비명을 질렀다. 현중이 도대체 왜 이러는지 그 이유를 알 수 없는 그녀로서는 사스케가 현중의 주먹을 맞고 날아가는 모습만 보였다. 마치 끈 떨어진 연처럼 처박힌 그는 미동도 하지 않았다.

“……..”

그리고 조용히 다시 자신의 자리로 돌아온 현중은 조금 전까지 앉아 있던 곳에 다시 앉았다. 마치 아무 일도 없었던 것처럼 말이다.

“……..”

“……..”

지금 이 상황을 직접 겪은 천유화는 완전히 정신이 공황상태였다.

마리아는 현중이 동네 양아치처럼 주먹을 휘두르면서 힘을 과시하는 성격이 절대 아닌 것을 알기에 우선 가만히 있긴 했지만 사스케가 왜 저런 꼴을 당해야 하는지 전혀 몰랐다.

침묵.

사스케를 시원하게 날려 버린 현중이 자리에 앉고 시작된 침묵은 사스케가 스스로 깨어나기 전까지 계속 이어졌다.

천유화는 지금까지 자신이 알던 현중의 모습이 아닌 완전 다른 사람과 같이 행동하는 모습에 겁을 먹었는지, 아니면 너무나 놀라 그러는지 간간이 딸꾹질을 하면서 입을 꼭 다물고 있을 뿐이다.

부스럭부스럭.

시간이 얼마나 흘렀는지 알기 어려운 침묵 속에서 구석으로 날아간 사스케가 꿈틀거리면서 깨어나는 소리는 룸 안 모두의 귀에 크게 들렸다.

"끄으윽……."

부스럭.

자신이 기절했는지도 지금 깨어나서야 알게 된 사스케는 잠시 멍한 눈으로 있다가 정신을 차렸다. 완전히 몸이 깨어났는지 곧 벌떡 일어선 그가 현중을 향해 고개를 돌리더니,

"지금 당신의 폭력 행위는 이곳 CCTV에 모두 녹화되었으니 정식으로 법적 절차를 밟겠습니다."

현중의 주먹에 한쪽 볼이 조금 부풀어 있지만 연습이나 한 것처럼 말 한마디 틀리지 않고 똑바로 말했다. 그런데 그런 사스케의 행동에 현중은 조용히 앉은 채,

"누가 시켰지?"

전혀 개연성이 없는 질문을 던진 것이다.

"지금 무슨 말을 하는 겁니까? 저를 주먹으로 때려 기절까지 시켜 놓고도 그런 말이 나옵니까?!"

기습이지만 허무하게 한 방에 자신이 기절했다는 것에 자존심이 상했는지 사스케의 얼굴은 귀까지 붉어진 상태다.

거기다 설마 대동그룹의 회장이라는 사람이 자신의 면상에 주먹을 휘두를 줄은 꿈에도 생각하지 못했기에 더욱 황당하면서도 기가 막혔다.

그런데 뜬금없이 현중은 누가 시켰냐고 물어보니 분노로

뚜껑이 열리기 직전이다.

"일본 우익단체에 소속되어 있는 네놈이 천산호텔에 들어가도록 시킨 게 누구지?"

"……!!"

현중의 말에 룸 안 모두의 시선이 그대로 사스케에게 쏠렸다.

사스케도 갑작스런 현중의 우익단체 발언에 몸이 굳어버렸다. 얼마나 당황했는지 천유화와 마리아도 사스케가 당황했다는 것을 알 수 있을 정도였다.

곧 사스케 본인도 자신이 당황해서 표정이 굳었다는 것을 느꼈는지 억지로 풀었지만 분위기를 보니 이미 늦은 듯했다.

"무슨 말씀이십니까? 우익단체라니요? 금시초문입니다. 전 그런 단체와 관련이 없습니다."

한국에서 일본 우익단체는 적이나 다름이 없었다.

독도 문제부터 시작해 사사건건 한국의 심기를 건드리는 짓을 하는 일본의 우익단체는 한국에서 퇴출 대상 1호나 마찬가지였다.

천유화가 만약에 사스케가 일본 우익단체에 소속된 사람이란 것을 알았다면 절대로 뽑지 않았을 것이다.

만약에 이게 언론에 알려지게 되면 천산호텔은 한순간에 무너질 수도 있는 일이었다.

"크크크큭, 카이쇼 무사시가 명령을 내렸나? 한국에 가서 천산호텔을 일본의 것으로 물들이라고?"

사스케의 말은 아예 듣지도 않고 자기 할 말만 하는 현중의 모습에 사스케는 식은땀을 흘렸다.

어떻게 안 것인지 모르지만 사스케는 실제로 우익단체의 중요 간부 중 한 사람이었다. 그리고 단체의 명령으로 천산호텔에 들어와 있는 중이었다.

하지만 그건 자신과 일본 우익단체 극소수의 간부만 알고 있는 비밀이다. 절대로 자신의 정체가 노출될 만한 일을 한 적이 없었던 것이다.

사스케는 머릿속으로 온갖 가능성을 검토했다. 그러다가 마리아와 눈이 마주치자,

'아! 마리아 바로슈 백작.'

현중과 함께 온 마리아를 이제야 알아본 것이다.

일반적인 사람이라면 마리아는 그저 탬플재단의 젊은 이사장으로 알고 있겠지만 실제로 마리아는 MI—6를 관리하고 있었고, 알려고 마음만 먹으면 사스케의 정보 정도는 충분히 알아낼 수 있는 사람인 것을 깨달은 것이다.

하지만 무조건 우겨야 했다. 만약에 여기서 자신이 일본 우익단체에 소속된 것을 인정하거나 수긍하면 그동안 공들였던 것이 모두 물거품으로 사라질 테니 말이다.

거기다 천산호텔의 모든 시스템을 원하는 대로 바꿔가는 중인데 지금 와서 그만둘 수는 없었다.

"무슨 말씀을 하시는지 모르겠습니다. 어릴 때 잠깐 그분의 문하생으로 있었을 뿐, 그분과는 전혀 관련이 없습니다. 그리고 저를 그런 과격한 단체와 연루시키는 것은 실례입니다."

끝까지 오리발을 내미는 사스케였다.

하지만 현중은 여전히 입가에 미소를 띠면서,

"카이쇼 무사시에게 전화 걸어봐."

"네? 그게… 무슨… 말씀이신지……?"

사스케는 현중의 말에 당황했다.

현중의 엉뚱한 말에 어떻게 대처해야 할지 생각할 시간도 없이 사스케와 가장 가까이 있던 마리아가 자신의 가방에서 휴대전화를 꺼내 사스케에게 내밀었다.

"이걸 쓰세요."

휴대전화까지 친절하게 주는 것이다.

직원의 실수를 사과하러 왔다가 날벼락 맞게 된 사스케는 마리아가 내민 휴대전화를 정중하게 거절하면서,

"전 그분의 연락처를 모릅니다. 그리고 무슨 말을 하시는지 전 전혀 모르겠습니다."

사스케는 이곳은 한국이고 자신이 모른다고 우긴다면 아

무리 현중이라고 해도 별수 없을 것이라고 생각했다. 지금 당장 카이쇼 무사시를 데리고 올 수도 없으니 말이다.

분위기상 현중이 억지를 부린다는 쪽으로 천유화도 슬쩍 생각이 들 무렵 현중이 다시 일어서더니 사스케 쪽으로 다가왔다.

움찔!

사스케는 이미 한번 맞은 경험이 있으니 자신도 모르게 몸을 움찔거리며 경계했다. 처음이야 기습이라 얻어맞은 거지 두 번은 당하지 않겠다고 다짐하듯 말이다.

하지만 그런 사스케의 다짐이 허무하리만큼,

덥석!

현중의 손은 사스케의 목을 잡았다. 마치 현중에게 사스케가 목을 내밀어주는 듯한 착각을 일으킬 만큼 너무나 자연스러웠다.

반면 사스케는 목이 답답한 것을 느끼고 나서야 현중의 손이 자신의 목을 잡고 있다는 것을 알았다.

"커억! 이게… 무, 무슨 짓입니까!"

그래도 대동그룹의 회장이라는 사람이기에 설마 했던 사스케는 두 번이나 뒤통수를 맞는 느낌이었다.

그런데 당황하는 사스케를 향해 현중은 오히려 웃으면서,

"모른다면 직접 가서 물어보지, 뭐."

스윽.

현중의 그 말이 끝나는 것과 동시에 사라져 버렸다.

마치 허공에서 지우개로 깨끗하게 지워 버린 듯 현중과 사스케가 없어져 버린 것이다.

"……."

바로 옆에 있던 천유화는 순간 방금 무슨 일이 일어났는지 전혀 감을 잡지 못하고 있다가 5초 뒤에,

"…뭐예요, 이거?"

너무나 놀랐다고 해야 할까? 천천히 마리아를 향해 묻자 마리아는 싱긋 웃었다.

"현중 씨가 좀 즉흥적인 면이 있죠."

"……."

엉뚱한 말을 하는 마리아의 모습에 천유화는 자리에서 벌떡 일어섰다.

드르륵!

"지금 그걸 묻는 게 아니잖아요. 이거 어떻게 된 거예요? 사라졌잖아요, 지금 현중 씨가!"

"네."

마리아는 오히려 고개를 끄덕이면서 천유화의 물음에 너무나 간단하게 대답했다.

"…지금 네… 라는 말이 나와요? 사람이 사라졌어요. 마치

지워지듯 깨끗하게요. 이게 말이 된다고 생각해요?"

천유화는 마리아가 자신에게 장난치는 것 같은 기분이 들어 큰 소리로 외쳤지만 돌아온 대답은,

"네."

라는 대답이다.

털썩.

천유화는 갑자기 온몸의 힘이 빠지는 느낌에 그대로 자리에 주저앉아 버리고는,

"지금 저에게 장난치는 건가요?"

매섭게 마리아를 노려보면서 물었지만 그런 천유화의 눈빛에 겁먹을 마리아가 아니었다.

"전 자주 봤으니까요. 자연스러운데 왜 그러죠?"

"……."

천유화는 마리아의 말에 결국 한숨을 내쉬더니 마리아를 똑바로 바라보면서,

"많은 설명이 필요할 것 같군요, 마리아 바로슈 백작님."

딱딱한 표정으로 물었다. 하지만 마리아는 그런 천유화의 물음에,

"안 됩니다."

단칼에 거절해 버렸다.

"왜요?"

당연히 천유화는 또다시 격해진 감정에 물어봤지만 마리아는 오히려 차분한 목소리 답했다.

"본인한테 직접 들으세요. 전 현중 씨의 정보를 마음대로 퍼뜨릴 만큼 경솔한 사람이 아니거든요."

"……."

마리아의 방금 그 한마디에 천유화는 뭔가 이상하다는 것을 느꼈다.

마리아가 본래 MI—6를 관리하는 수장이라는 것쯤은 대충 알고 있다. 천산그룹의 국내 위치나 여러 면을 생각하면 결코 정보가 어두운 편은 아니기 때문이다.

그런데 그런 마리아가 현중의 허락 없이 그에 대한 정보를 말할 수 없다고 못 박는 모습에 천유화는 자신이 모르는 뭔가가 있을 것이라고 느꼈다.

천유화는 여자이기 이전에 대단히 뛰어난 인재였다.

천산태 다음으로 천산그룹을 세계로 발돋움시킬 수 있는 사람으로 인정받고 있으니 말이다.

비즈니스는 눈치 싸움이 50%다. 당연히 천유화는 지금의 이런 황당한 상황에 잠시 혼란이 오긴 했지만 그렇다고 정신을 놓아버릴 성격은 아니었다. 뭔가 자신이 알지 못하는 커다란 비밀을 현중과 마리아가 서로 공유하고 있을 것이라고 생각했다.

"…제가 억지를 부려서라도 자세하게 설명해 달라고 해도 해주지 않겠죠?"

천유화가 마리아에게 물어보자 마리아는 당연하다는 듯 고개를 끄덕였다.

"좋아요. 기다리죠. 현중 씨는 꼭 돌아오는 거죠?"

갑자기 눈앞에서 사람이 사라져 버렸으니 돌아오는 것에 대한 불안감이 생기는 것은 당연했다. 특히나 천유화처럼 아무것도 모를 때는 말이다.

하지만 사실 현중이 사라진 후 마리아도 살짝 불안하긴 했다.

이미 1년 동안 소식 없이 사라진 적이 있으니 말이다. 물론 떠날 때 마리아에게 말했고 대충 설명은 했지만 사람 마음이라는 게 뜻대로 되는 게 아니듯 천유화 앞이기에 당당하게 있지만 속으로는 혹시나 또 이대로 사라져서 최소 몇 개월 동안 소식을 끊어버리는 건 아닌가 걱정이 되었다.

이제는 대동그룹에서도 완전히 손을 놓아버린 현중이기에 정말 숨어버리면 아무리 정보를 주무르는 마리아라도 마음먹고 사라진 현중을 찾을 방법이 없기 때문이다.

"돌아올 거예요. 꼭."

마리아의 대답을 들은 천유화는 그대로 자리에 앉아 무작정 기다리기로 했다. 이대로 그냥 돌아가는 것은 절대로 자신

스스로가 용납할 수 없었다.


＊　　　＊　　　＊


　달그락.

　나무로 만들어진 쟁반에 사기로 만든 작은 찻잔과 아담하
면서도 고풍스러운 모양의 주전자를 들고 종종걸음으로 밖으
로 나온 카이쇼 마사미는 나오자마자 걸음을 멈춰야 했다.

　"……."

　마사미는 한차례 눈을 깜빡였다. 카이쇼 무사시의 저택에
서 있을 수 없는 장면이 보인 탓이다.

　연못을 가로지르는 다리 위에, 꿈에도 잊을 수 없는 남자
현중이 서 있었다.

　그것도 한 손에는 처음 보는 남자의 모가지를 틀어쥐고서
말이다.

　그는 잠깐 주변의 동태를 살피듯 둘러보더니 이내 꼿꼿이
굳어버린 마사미를 발견했다. 여전히 남자의 목을 한 손에 틀
어쥔 채 그가 마사미에게로 다가왔다.

　처음에는 예의바르게 행동하던 것과 달리 원래 성격은 전
혀 그렇지 않음을 아는 마사미는 그 자리에서 움직일 수가 없
었다.

저벅저벅.

현중의 발걸음 소리가 조용한 저택에 울려 퍼지고,

스르륵스르륵.

현중의 손에 목이 잡혀 축 늘어진 남자의 몸이 땅바닥에 쓸리는 소리도 같이 들렸다.

그렇게 연못의 다리를 지나 저택 앞에 다다르자 걸음을 멈춘 현중은 손에 쥐고 있던 녀석을 가볍게 휘둘러 저택 입구를 향해 던졌다

털썩!

"쿨럭!!"

일부러 그랬는지는 모르지만 계단의 모서리 부분에 정확하게 가슴이 부딪친 사스케는 기절한 상태에서 곧바로 깨어났다. 물론 고통 속에서 깨어날 수밖에 없었다.

"알고 있다면 그만 나오지그래."

현중이 조용히 한마디 하자,

드르륵.

저택 문이 열리면서 카이쇼 무사시가 모습을 드러냈다.

"아버님."

마사미는 그때야 현중이 자신을 발견하고 걸어온 것이 아님을 알았다. 정신을 차린 그녀가 불안한 마음에 아버지를 나직하게 불렀다.

하지만 카이쇼 무사시는 현재 마사미보다 현중에게 모든 신경을 집중하고 있었다.

"어쩐 일이지?"

"저 녀석 때문에 말이야."

현중이 카이쇼의 발밑에서 아직도 아픈 가슴을 움켜쥐고 꿈틀거리고 있는 사스케를 가리켰다. 카이쇼도 어딘가 낯익은 듯 잠시 사스케를 살펴보더니,

"너는… 사스케가 아니냐?"

기억이 났다. 수많은 문하생을 둔 카이쇼 무사시지만 자신이 직접 가르친 녀석들 정도는 기억하고 있었다.

사스케도 카이쇼 무사시의 목소리에 슬그머니 고개를 들더니 무릎을 꿇고 그대로 엎드렸다.

"오랜만에 뵙습니다. 제자 모리 사스케, 인사드립니다."

가슴이 제법 아플 텐데도 저렇게 예절을 차리는 모습에 현중은 씨익 웃어버렸다.

그런데 카이쇼는 지금 이 상황이 이해가 되지 않았다. 이미 5년 전에 자위대에 입대한다는 말과 함께 카이쇼의 그늘을 벗어났던 모리 사스케가 다시 나타난 것도 이상했지만 현중과 함께 나타난 것은 더욱 이해하기 힘들었다.

"설명이 필요한 것 같은데……."

카이쇼가 슬그머니 현중을 향해 고개를 돌리면서 말하자

현중은 그냥 씨익 웃고는,

"직접 그 녀석에게 들어. 그리고 마지막 경고다. 다시 내가 보는 앞에서……."

현중의 손가락이 사스케를 가리켰다.

"이따위 장난질을 하면… 일본이라는 나라를 지워 버릴 테니 명심해."

"…그게 무슨 말인가? 장난질이라니?"

현중의 말에 황당한 건 카이쇼 무사시였다.

하지만 현중은 입 아프게 그런 것을 설명해 줄 생각이 없었기에 그대로 몸을 돌려 사라져 버렸다.

"도대체… 무슨 말을 하는 건가?"

이미 사라져 버린 현중에게 묻듯 말하던 카이쇼는 결국 엎드려 있는 사스케에게 이야기를 들을 수밖에 없다는 생각에 사스케를 데리고 들어갔다.

두 시간 동안 그의 말을 듣고 난 뒤 그는 크게 분노했다.

하지만 분노만 할 뿐 카이쇼도 어찌할 수 없는 일이었다.

그만큼 일본의 우익단체는 뿌리가 깊었고 그 역사 또한 길어서 카이쇼도 어떻게 할 수 없는 일이었다.

다만 사스케에게 조용히 이대로 일본에 머무르라는 명령만 내릴 뿐이었다.

"……."

카이쇼는 오늘 있을 모든 일정을 취소하고는 잠시 생각에 빠졌다가 곧장 자신의 휴대폰을 들더니 어디론가 전화를 걸었다.

몇 분 되지 않아서 하야토 마사키가 급히 뛰어 들어왔다.

"스승님, 부르셨습니까?"

현재 직계 수제자로는 하야토 마사키가 유일했다.

현중의 주먹 한 방에 완전 폐인이 되어버린 히야부시 카토는 조용히 떠나 버렸다. 덕분에 수제자 둘이서 하던 일을 하야토가 혼자 하게 되었다.

당연히 힘이 들 만도 하지만 오히려 히야부시 카토가 없어져도 별다르게 어려운 일 없을 정도로 하야토는 탁월한 능력을 발휘했다.

오히려 현중이 히야부시 카토를 처리해 줌으로 인해 하야토 마사키가 날개를 단 격이 되었다.

"지금부터 난 잠시 여행을 떠난다."

"네?"

갑자기 카이쇼 무사시가 여행을 떠난다는 말에 하야토 마사키는 화들짝 놀랐다. 카이쇼 무사시의 나이도 나이지만 이미 전 세계를 떠돌고 와서 더 이상 갈 곳이 없다고 스스로 말한 적이 있었기에 여행을 떠난다는 말은 놀랄 수밖에 없었다.

"마사키!"

"하잇!"

카이쇼가 큰 소리로 하야토 마사키를 부르자 그가 반사적으로 차렷 자세를 취했다. 카이쇼는 그에게 가까이 다가가서는,

"검의 끝이 과연 어떤 건지 보고 싶어서 떠난다."

"스, 스승님."

검을 평생 쥐고 살아온 카이쇼 무사시가 그런 말을 하자 하야토 마사키도 더 이상 할 말이 없었다.

"마사미를 잘 부탁한다."

"…네, 스승님."

그 말을 끝으로 카이쇼는 늦은 나이에 무슨 여행이냐면서 울면서 매달리는 카이쇼 마사미를 억지로 하야토 마사키에게 떠넘기고는 그대로 한국행 비행기에 몸을 실었다.

그런데 그 시각 미국에서도 베이스퍼가 한국을 향해 오는 중이었다. 하지만 약간은 긴장과 함께 기대에 차 있는 듯한 카이쇼 무사시의 눈빛과 달리, 베이스퍼는 한쪽 팔에 붕대와 함께 부목을 대고 있고 눈빛은 한없이 차가우면서도 무거워 보였다.

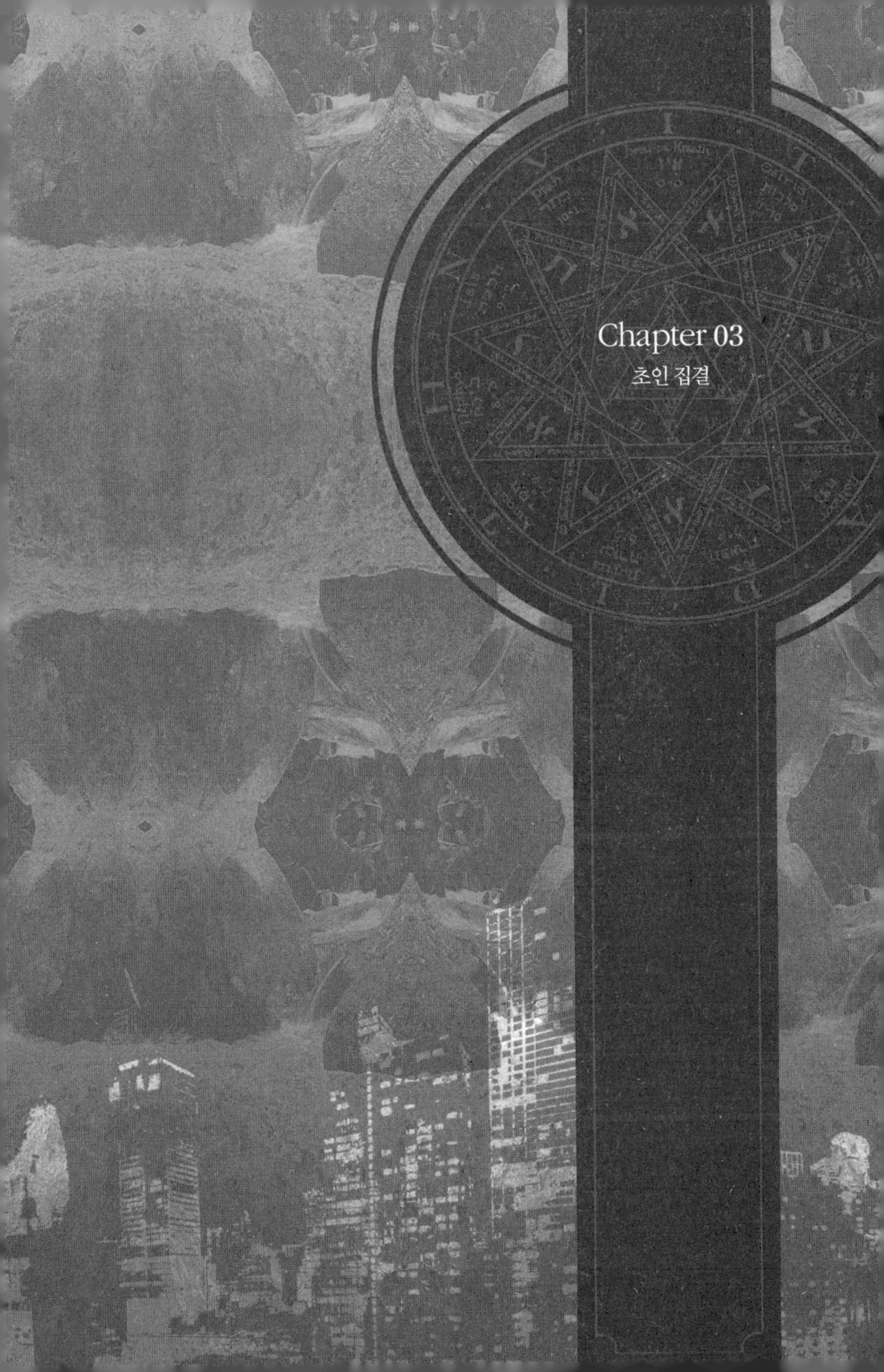
Chapter 03
초인 집결

"……"

"……"

현중이 다시 천산호텔의 룸에 모습을 드러냈다.

하지만 천유화는 현중을 빤히 바라보기만 할 뿐 단 한 마디
도 하지 않고 있었고, 마리아는 그냥 웃으면서 고개만 끄덕여
현중을 맞았다.

현중이 자리에 앉았다.

천유화의 입장에서는 현중과 사스케가 함께 사라졌는데
현중 혼자만 다시 모습을 보인 것이 이상하고 궁금할 만도 한

데 일체 그런 것은 묻지도 않고 입을 꾹 다물고 있었다.

딸각.

현중이 다시 돌아오자 천유화는 그동안 미뤘던 음식을 다시 들여오게 했고, 처음 계획대로 조금 늦었지만 저녁을 맛있게 먹었다.

달그락.

달그락, 달그락, 달그락.

무거운 분위기가 뭔지 알고 싶다면 현재 지금 현중이 있는 룸의 분위기를 보면 바로 알 수 있을 것이다. 얼마나 무거운지 음식을 들고 왔던 직원이 들어오자마자 당황해서 음식을 쏟을 뻔했겠는가?

거기다 보이지 않는 찬바람이 몸을 통과하는 것 같은 기분까지 느낀 직원이 있을 정도였다.

음식이 나오고 현중을 비롯해 천유화와 마리아까지 그 누구도 단 한 마디도 하지 않은 채 식사가 끝났다.

"그럼… 물러가겠습니다."

모든 식사가 끝나고 직원이 후식으로 녹차를 가져다주고는 물러났다.

딸그락.

무겁게 이어져 온 분위기에 천유화가 찻잔을 들어 녹차를 한 모금 마신 뒤,

“후우…….”

마치 가슴을 막고 있는 무언가를 토해내듯 깊으면서도 길게 한숨을 내쉬었다. 그리고,

“이제 저에게 말을 해주실 때가 된 것 같은데요?”

사무적이면서도 딱딱한 천유화의 말이다. 하지만 현중은 싱긋 웃으면서 천유화를 보더니,

“스파이였습니다.”

“스파이요?”

“네.”

사스케를 두고 말하는 것이다. 하지만 지금 천유화에게는 사스케도 중요했지만 현중의 입에서 직접 듣고 싶은 다른 말이 더 간절했다.

“알았어요. 그건 제가 직접 알아보죠. 그리고… 제 눈앞에서 사라진 것, 그거 정말 사라진 건가요?”

마술에서 눈속임으로 사라지곤 하는 것을 라스베가스에서 자주 본 경험이 있는 천유화이기에 반신반의하는 마음으로 물었다.

그런데 현중의 대답은,

“네. 일본에 잠시 다녀왔습니다.”

“일… 본이요?”

천유화는 현중의 말에 잠시 머릿속이 멍해졌으나 곧 헛웃

음을 터뜨렸다.

"그걸 제가 믿을 거라고 생각하나요?"

일반적으로 현중의 말을 누가 믿겠는가. 100이면 100 안 믿는다. 왜냐고? 당연히 경험하지 못했으니 못 믿는다.

하지만 현중은 오히려 그런 천유화의 질문에,

"믿고 안 믿고는 천유화 씨 마음이죠."

한마디로 믿고 싶으면 믿고 싫으면 믿지 말라는 말이다.

현중의 평소 성격을 알고 있는 천유화는 당연히 현중이 저렇게 대답할 것이라고 어느 정도 예상은 했다.

하지만 방금 그 말을 듣는 순간 천유화의 눈에 눈물이 맺히기 시작했다.

"…현중 씨."

현중도 서슬 퍼렇게 날을 세워서 자신을 바라보던 천유화의 눈가에 돌연 이슬이 맺히는 것을 보고는 고개를 갸웃거렸다.

현중이 여자가 운다고 당황하거나 호들갑을 떨 성격은 아니다. 거기다 천유화와 현중은 그냥 아는 사이 그 이상도 이하도 아니었으니 말이다.

하지만 천유화는 오히려 그런 현중의 마음이 야속한 것이다.

마리아는 모든 것을 알고 있는 것 같은데 자신은 물어봐도

믿고 싶으면 믿고 아니면 말라는 식의 대답만 돌아오자 결국
서러움이 복받쳐서 눈물을 흘리게 되었다.

"제가 실수했나요?"

현중이 아무것도 모른다는 듯 오히려 천유화를 향해 묻자
한 방울씩 떨어지는 눈가의 눈물을 손등으로 가볍게 훔친 천
유화는,

"흐흡, 아니에요. 현중 씨가 실수한 건 없어요. 다만… 현
중 씨에게 전… 여자로 보이는지 아니면 사업 파트너로 보이
는지 궁금해요."

천유화는 이렇게 된 것 그냥 단도직입적으로 대답을 얻을
생각으로 대놓고 물었다. 현중은 똑바로 천유화의 눈동자를
바라보더니 한숨을 내쉬었다.

"…흐음, 전 아직 누군가를 사랑할 준비가 되어 있지 않습
니다. 그리고 현재 그럴 시간도 없구요."

천심통이 아니라도 이미 천유화가 자신에게 호감을 넘어
서 지대한 관심을 보이고 있다는 것을 충분히 알고 있는 현중
이었다.

하지만 지금 현중은 사랑 놀음이나 하고 있을 여유가 없었
다.

마리아는 그런 현중의 사정과 성격을 알고 있기에 다가오
기를 기다리는 대신 자신이 천천히 한 발짝씩 다가가는 것을

선택했고, 천유화는 직접 대답을 듣는 것을 선택했다.

사람에 따라 사랑을 전달하는 방법은 다르겠지만 현중에게는 마리아의 방법이 오히려 가장 효과적일 수도 있었다.

평범한 사람들이 하는 사랑의 표현만 알고 있는 천유화는 현중에게만큼은 오히려 서투르게 다가갈 수밖에 없었다.

"…그런가요."

천유화는 명확한 거절의 말을 듣자 온몸의 힘이 빠지는 것을 느꼈다. 물론 현중이 자신을 향해 고개를 돌려주기를 바랐지만 한 번도 그런 적이 없었다. 거기다 마리아라는 라이벌까지 생기자 조바심이 나기 시작한 것이다.

"저보다 좋은 남자, 세상에 많을 겁니다."

현중은 그냥 통상적으로 하는 말을 했다.

그런데 그런 말이 천유화에게 위로가 될 리가 없었다. 전 세계를 돌아봐도 현중처럼 자신의 마음에 쏙 드는 남자를 본 적이 없으니 말이다. 하지만 다시 늘어진 몸에 힘을 억지로 집어넣은 천유화는 똑바로 현중을 바라보면서,

"그럼 지금 현중 씨는 사랑하는 사람이 있나요?"

이왕 이렇게 된 것 강행 돌파뿐이었다.

"없습니다."

0.1초의 생각도 하지 않고 말한 현중의 대답에 한순간 희비가 엇갈리는 상황이 벌어졌다. 입가에 미소를 띠는 천유화

와 반대로 마리아의 표정이 살짝 굳으면서 그늘이 보였다.

"좋아요. 그럼 저도 포기하지 않아요."

"후회하실 텐데……."

현중은 정말 진심으로 천유화에게 자신의 마음속에 있는 말을 했지만 천유화는 오히려 현중을 똑바로 바라보았다.

"제가 하는 사랑이에요. 현중 씨에게 사랑 받기 위해서 하는 게 아니라. 그러니까 후회를 해도 제가 해요. 이래도 거절하실 건가요?"

한마디로 천유화는 현중에게 자신이 다가갈 테니 거부하지만 말아달라는 말이다.

"…알겠습니다."

자신을 사랑해 달라는 것도 아니고 천유화 개인의 사랑을 한다는데 그것마저 현중이 거부하거나 막을 권리는 없었다. 그리고 막을 생각도 없었다. 어차피 현중은 후회할 거라고 미리 말을 했으니 말이다.

"고마워요."

현중은 천유화의 고맙다는 말에 잠시 쓴웃음을 지었다. 밖에 나가면 천유화도 공주님 소리 듣는 여자다. 얼굴, 학벌, 능력, 배경 등 뭐 하나 빠지는 것 없는 여자가 바로 천유화가 아닌가?

그런데 도대체 뭐가 아쉬워서 자신한테 이러는지 전혀 감이 잡히지 않는 현중이었다.

때로는 논리적으로 세상을 바라보는 현중의 시각으로 여자의 마음을 파악하기에는 아직은 조금 힘들어 보였다.

천유화는 자신의 급한 용무가 일단락되자 잠시 얼굴에 미소를 띠다가 뭔가 생각났는지 현중을 바라보면서,

"그런데……."

"……?"

"총지배인으로 호텔의 모든 것을 관리하던 사스케가 갑자기 빠져 버리면 저희 천산호텔은 어떻게 운영하라는 거죠?"

자신의 목적을 달성하자 곧바로 현중이 데리고 가서 버리고 온 사스케 문제를 꺼냈다.

물론 당장 천산호텔이 문 닫고 영업을 못할 정도는 아니지만 전반적으로 총책임자가 없다는 것은 심각한 문제였다.

돌발 상황이나 호텔의 특성상 한 달에 몇 번이고 귀빈이나 특빈이 방문하는 것이 일상인 곳이 바로 천산호텔이었으니 말이다.

그리고 그런 업무를 모두 관리하고 책임지던 것이 바로 모리 사스케였다.

물론 천유화가 직접 움직여도 되지만 천유화는 호텔의 경영권을 가지고 있지 구체적으로 어떻게 운영해야 된다는 것은 잘 모르는 형편이다.

“음…….”

현중도 기분에 따라 사스케를 버리고 오긴 했지만 천유화에게 어느 정도 피해를 입힌 것은 사실이기에 잠시 고민하다가,

“얼마나 도와드리면 됩니까?”

“적어도 새로운 사람을 구할 때까지는 필요해요. 호텔이라는 게 총지배인의 위치와 능력에 따라 호텔의 수입이 좌우될 만큼 중요한 자리니까요. 쉽게 아무나 스카우트할 수는 없거든요.”

“그래요? 음, 그럼… 여성이라도 상관없겠죠?”

“여… 자요?”

현중의 여자라는 말에 천유화는 현중에게 자신이 모르는 여자가 또 있던가 하는 생각이 가장 먼저 머릿속에 스치고 지나갔다. 최소한 현중의 주변 여자는 거의 알고 있다고 생각했으니 말이다.

“시리를 잠시 빌려드리죠.”

“시… 리……. 아! 대동그룹의 비서실장인 시리 씨 말이군요?”

천유화도 현중이 시리를 거론하자 오히려 눈빛을 반짝였다.

“네. 제 책임이 대부분이니 시리를 잠시 빌려 드리는 걸로

우선 다른 사람 구할 때까지 도와드리죠."

"좋아요! 저야 대환영이죠."

천유화도 시리를 잘 알고 있었다.

솔직히 천유화가 몇 번이나 시리에게 슬쩍 접근해서 혹시나 다른 회사로 옮길 생각이 있느냐고 장난처럼 물어본 적이 몇 번 있었다.

하지만 그때마다 단칼에 거절해 버리는 시리의 모습에 오히려 천유화는 시리를 더욱 자신의 품으로 끌어안고 싶은 마음이 간절했다.

특히나 시리의 능력은 타의 추종을 불허하는 것으로, 천유화는 세상에 저런 능력을 가지고 있으면서 겨우 대동그룹의 비서실장으로 만족하는 시리를 도무지 이해할 수가 없었다.

대동그룹의 전반적인 모든 운영과 회계까지 시리의 손을 거치지 않으면 돌아가지 않을 만큼 시리는 대동그룹에서 비서실장인 동시에 실질적인 실권자였다.

시리의 사인과 도장 한 번에 인사이동이 벌어지고 연봉이 좌우되었으니 말이다.

거기다 그렇게 살인적인, 아니, 서류만 봐도 목매달아 자살할 만큼 미친 업무량에도 시리는 눈 하나 깜짝하지 않고 처리하지 않던가?

거기다 그뿐인가? 흠잡을 곳이 하나 없는 완벽한 일 처리 능력까지 보여주었다.

마치 살아 있는 슈퍼컴퓨터가 업무를 처리하는 것 같은 느낌을 천유화가 받았으니 오죽하겠는가?

그런데 그런 시리를 천산호텔에 잠시 빌려준다고 하니 오히려 대환영이다.

대동그룹에서 그 정도 능력을 보였는데 규모가 훨씬 작고 구조가 이미 만들어져 있어 단순한 천산호텔쯤은 하루 만에 모든 업무를 파악할 수 있을 것이라고 생각한 것이다.

일이야 어떻든 간에 간단하게 저녁 먹으러 왔던 현중은 그 성격 때문에 결국 또 일을 벌인 셈이 되었다. 물론 뒤처리는 시리가 넘겨받게 되었고.

*　　　*　　　*

"우연인가요? 세 분이 동시에 저를 찾아오시다니. 어쩐 일이죠?"

대동그룹 회장실에서 현중은 눈을 동그랗게 떠 보였다.

오희연에게 운영에 관한 권리를 모두 넘겨주었다고 해도 업무가 곧바로 넘어가는 것은 아니다.

인수인계해야 할 것들이 산더미 같으니, 현중은 오늘까지 그 작업을 하고 있었다.

오늘은 마지막 조율을 해야 해서 출근하였는데, 마치 짜기라도 한 듯 중국의 백호연과 미국의 베이스퍼, 그리고 일본의 카이쇼 무사시까지 찾아온 것이다.

현중은 그들의 방문이 의외라는 듯 살짝 놀란 표정을 지었지만 눈동자는 오히려 웃고 있었다.

"다들 현중 군에게 볼일이 있는 듯하군. 나를 포함해서 말이야."

베이스퍼는 붕대를 감고 있는 왼쪽 팔을 살짝 움직이면서 현중과 가장 가까운 곳에 먼저 앉았다.

그러자 백호연과 카이쇼 무사시도 누가 먼저랄 것도 없이 자리에 앉았다.

모두가 자리에 앉긴 했는데 입을 다물고 서로 눈치만 보고 있다.

거기다 현중도 앉아서 가만히 있을 뿐 말이 없다.

이미 국가 공인 마스터로 한 나라의 중요한 업무를 어깨에 짊어지고 있는 만큼 각자 자존심이라는 게 있는 법이다.

카이쇼 무사시는 이미 현중에게 깨질 대로 깨져서 더 이상 구겨질 자존심도 없지만 그렇다고 숙이고 들어가는 것은 죽어도 싫었기에 가만히 입을 다물고 기회를 엿보고 있었다.

백호연은 이미 마족 사건으로 인해 자신의 실력이 결코 어딘가에 내세울 만한 것이 아니라는 것을 뼈저리게 알았으니 찾아오긴 했지만 찾아온 이유를 말하기가 껄끄럽긴 카이쇼 무사시와 다를 바가 없었다.

그런 모두의 시선이 베이스퍼의 붕대를 감고 있는 왼쪽 팔에 자연스럽게 집중되는 건 어쩌면 당연했다. 마이스터에 오른 베이스퍼가 어딘가 다쳤다는 것은 솔직히 이해가 안 가는 부분이니 말이다

"모두 그냥 놀러 오신 건가요?"

현중은 이미 천심통이 아니라도 백호연과 카이쇼 무사시가 왜 자신을 찾아 왔는지는 충분히 짐작할 수 있었다.

다만 베이스퍼가 다친 채로 찾아온 것이 조금 의외이긴 하지만 그건 직접 이야기를 들으면 되기에 일부러 지금 상황을 즐기고 있는 중이다.

거기다 왠지 장난을 치면 반응이 재미있을 것 같다는 생각도 조금은 있었다.

"험험."

"크흡, 쩝."

역시나 현중의 장난스러운 말에 카이쇼 무사시는 헛기침을 하면서 일부러 고개를 돌려 버렸다.

지금 상황에 먼저 이야기를 꺼내게 되면 대화의 중심으로 흘러갈 가능성이 아주 높았다.

거기다 카이쇼 무사시는 현중의 앞으로의 행로에 합류하

러 왔으니, 어설프게 이야기를 꺼내 시선을 집중시켰다가는 오히려 모두에게 자신이 현중에게 고개를 숙이고 합류하는 것처럼 보일 것이기 때문이다.

물론 백호연도 마찬가지였다. 핑계야 소환술을 펼치는 백련교 녀석들의 행방을 쫓는다는 것이지만 현중과 함께 움직이기 위해 부탁하러 온 것이다.

"다들 그리 급한 것이 아닌 듯하니 내가 먼저 이야기를 꺼내야겠군."

그나마 가장 연장자이고 능력도 마이스터로 가장 상위에 있는 베이스퍼가 말을 꺼내자 자연스럽게 대화의 중심은 그에게로 흘렀다.

"우선 이걸 좀 봤으면 좋겠는데……."

베이스퍼는 자신의 품에서 사진 몇 장을 꺼내 모두가 볼 수 있게 탁자 위에 올려놓았다. 제법 크고 선명한 사진이라 굳이 자세히 살피지 않아도 뭔지 충분히 알 수 있었다.

그런데 베이스퍼가 꺼낸 사진을 보고 나서 백호연은,

"……!"

얼굴이 굳어 현중을 바라봤다.

"이거… 혹시……?"

백호연이 아는 듯 현중에게 말하자 현중은 고개를 끄덕였다.

“맞습니다.”

“역시… 저… 괴물 같은 게 더 있다는 말이군.”

백호연은 베이스퍼의 사진에 찍힌 괴상한 생물을 보고는 쓴웃음과 함께 한숨을 내뱉었다.

커다란 손톱에 온몸에 송곳과 같은 가시가 돋아나 있고 비정상적으로 한쪽 팔이 크고 굵으면서 긴 것이 저번에 테른과 함께 본 적이 있는 마족의 특성을 고스란히 가지고 있다.

“……?”

모두가 사진을 보고 심각한 표정을 짓는 것과 달리 카이쇼 무사시만 사진을 보고 고개를 갸웃거리고 있을 뿐이다. 실제로 마족을 아직 본 적이 없으니 말이다.

그런데 베이스퍼가 이 사진을 꺼내서 보여줬다는 것에 백호연은 슬쩍 시선을 돌려 베이스퍼를 바라보았다.

“처리하긴 했지만 내 왼팔을 이렇게 만든 녀석이 바로 이 놈이야.”

“쳇, 영감도 무적은 아니시구려?”

백호연은 말은 퉁명스럽게 하지만 표정은 잔뜩 굳어 있었다.

솔직히 백호연은 베이스퍼가 자신보다 조금 더 강할 뿐이라고 판단하고 그렇게 믿고 있었다.

하지만 마족을, 부상을 입긴 했지만 베이스퍼는 싸워서 이졌다고 말했다.

백호연은 여기서 또 한 번 자존심이 구겨져 버렸다. 자신은 어떻게 해보지도 못한 마족을 베이스퍼는 처리했으니 말이다.

"자네라면 이걸 알 거라고 마리아가 말하기에 급히 한국으로 날아왔지. 혹시 뭔지 아는가?"

베이스퍼는 처리하긴 했지만 정확하게 자신의 사진에 찍힌 것이 뭔지 모르고 있는 듯했다.

"저희는 아귀라고 부르는 녀석입니다. 마계에 살면서 너무나 강한 정신력으로 육체를 가지게 된 생물이죠. 백호연 씨도 이미 상대해 봤습니다."

"아귀라……."

베이스퍼는 현중의 말에 아귀라는 말을 몇 번씩 곱씹더니 고개를 끄덕였다.

"역시……."

그리고 베이스퍼는 현중이 사라져 있던 1년 동안 자신이 미국에서 겪은 이야기를 풀어놓기 시작했다.

그런데 그 이야기를 들은 백호연은 얼굴이 구겨지기 시작했고, 카이쇼 무사시의 굳은 얼굴이 펴질 줄을 몰랐다.

유일하게 현중만 처음과 마찬가지로 평안한 표정을 유지하고 있다.

"이게 내가 해줄 수 있는 이야기의 전부이네."

기간은 1년 동안 겪은 일이지만 핵심은 간단했다.

CIA에서 갑작스럽게 마스터가 된 일반인을 관리하고 있다는 것은 이미 현중도 들어서 알고 있다. 베이스퍼는 스스로의 능력으로 CIA까지 침투했다. 기간이 오래 걸리긴 했지만 말이다.

그런데 그곳에서 충격적인 장면을 목격한 것이다.

갑작스럽게 마스터가 된 사람들의 뱃속에서 무언가를 꺼내 먹는 녀석과 딱 마주쳐 버렸다.

이미 현중이 러시아에서 만난 적이 있는, 바로 아귀라고 부르는 녀석이었다.

마계에서는 거의 최하위급의 마족도 아닌 마물로 취급받지만, 본체는 마계에 두고 소환되는 반쪽짜리가 아니라 모든 것이 지구로 넘어오는 소환이 가능하다는 것이 다른 서열 마족과 달랐다.

그리고 그 결과 마스터쯤은 가볍게 찜 쪄 먹을 수 있는 능력을 가지고 지구에서 활동할 수 있는 것이다.

알렉산드로는 물론이고 웬만한 마스터는 아귀를 상대로 절대로 승산이 없었다. 왜냐하면 아귀가 아무리 최하위급 마족이고 마물로 분류된다고 하지만 마족은 마족이었기 때문이다.

즉, 정신체로 이루어져 있기에 지구에서는 마족에게 직접적으로 타격을 입힐 만한 방법이 없다.

한마디로 마족은 인간을 공격 가능하지만 인간은 마족을 공격해도 겉으로만 타격이 갈 뿐 마족의 정신체를 흩어뜨릴 만큼 강한 타격을 줄 수 없다는 말이다.

현중은 그게 궁금했다.

아무리 마이스터에 올랐다고 해도 마족을 상대로 베이스퍼에게 승산은 겨우 10%도 되지 않는 게 정상이다. 그런데 겨우 왼쪽 팔을 다친 걸로 아귀를 처리했다고 하니 이상했다.

하지만 그 궁금증도 곧 풀렸다.

턱!

베이스퍼가 탁자에 올려놓은 것은 시미터 모양의 칼 한 자루였다. 일반 시미터보다는 조금 짧은 듯하지만 제법 오래된 골동품 같은 분위기가 물씬 풍겼다.

하지만 현중은 검을 보는 순간 입가에 미소를 지으면서,

"다마스쿠스의 검이군요."

베이스퍼는 현중이 단번에 알아보자 살짝 놀랐다.

다마스쿠스의 검은 일반적으로 아는 사람이 적었기 때문이다. 거기다 이건 세계에 남아 있는 몇 자루 안 되는 진품 다마스쿠스의 검 중 한 자루다.

"잘 아는군."

"네. 저도 한 자루 가지고 있거든요."

테른의 아공간에 잠들어 있긴 하지만 진품을 하나 가지고 있다.

"이 녀석 때문에 처리할 수 있었지. 다른 것은 총이든 뭐든 다 소용이 없었는데 이상하게 이 다마스쿠스의 검으로 찌르자 녀석이 심하게 괴로워하면서 발버둥 치더군. 그래서 도박이라는 생각으로 어쩌다 보니 처리하긴 했지만, 뭐 결과는 이렇지."

베이스퍼는 자신의 왼쪽 팔을 슬쩍 흔들어 보이면서 말을 대신했다.

현중도 다마스쿠스의 검이 마족을 상대로 위력을 발휘할 줄은 몰랐기에 새로운 정보라고 생각했다. 물론 이들에게나 해당되는 것이고 현중은 오로지 두 주먹이 최강이다.

"그럼 제가 이야기할 차례인가요?"

현중이 끝까지 베이스퍼의 말을 다 들어주고 나서 슬쩍 주위를 한번 둘러보고 말을 꺼내자 모두의 시선이 집중되었다.

"뭐, 믿고 안 믿고는 각자의 판단에 맡기겠습니다."

현중은 천천히 이야기를 시작했다.

사소한 것은 모두 빼버리고 사이언톨로지라는 미친 녀석들과 분파되어 나온 백련교의 한 무리가 소환술로 마족을 소환하고 있다는 내용과 함께 아직은 알 수 없는 무언가가 지구를 노리고 있다고 말이다.

현중이 이야기하는 동안 모두의 얼굴 표정이 시시각각 변했다.

그러다가 지구를 노리는 존재가 있다는 말에 베이스퍼마저도 설마 하는 표정이다.

무슨 애들 영웅담 이야기도 아니고 2000년대의 과학이 발전한 시대에 지구를 노리는 존재가 있다니 웃기다고 해야 할까? 조금은 그랬다.

하지만 현중의 성격상 농담을 할 사람이 아니라는 것은 이미 이 자리의 세 사람 모두가 알고 있기에 혼란은 컸다.

"여기까지가 현재 제가 해줄 수 있는 이야기의 전부입니다."

현중은 카일라제가 지구를 노리고 있다고 굳이 말하지 않았다. 신을 상대로 싸워야 한다고 하면 솔직히 지금 이 자리에 있는 사람 그 누구도 믿지 않을 테니 말이다.

거기다 백호연은 마족인지 뭔지를 직접 봤기에 막연히 마족들이 노리고 있다고 생각하고 있었고, 베이스퍼도 마족을 직접 상대했으니 마족이 아닐까 하고 생각하고 있다.

하지만 아무런 정보도 없는 카이쇼 무사시는 이걸 믿어야 하나 말아야 하나 고민 중이었다.

일본에서 애들을 상대로 방영하는 TV 프로그램도 아니고 지구를 노리는 존재가 있다니…….

"……."

카이쇼 무사시는 현중과 같이 행동을 하다가 사이언톨로지 녀석들을 만나면 복수할 생각이었는데 어째 상황이 이상하게 흘러가고 있다고 느끼기 시작했다.

거기다 베이스퍼와 백호연은 도대체 이런 황당한 이야기를 믿고 있는 분위기다.

특히 백호연은 고개까지 작게 끄덕이면서 무언가 스스로 납득하는 모습까지 보이자 카이쇼 무사시는 지금이라도 일어서서 일본으로 돌아가야 하나, 아니면 계속 이 황당한 이야기를 들어야 하나 고민하는 상황에까지 와버렸다.

"믿고 안 믿고는 각자의 판단입니다. 전 제가 아는 정보를 알려 드린 것뿐입니다."

현중이 믿으려면 믿고 아님 말라는 식으로 말을 끝내자 가장 먼저 백호연이 현중을 바라보면서,

"더더욱 자네와 떨어지면 안 되게 되었군. 지구를 노리는 존재가 있는지 없는지는 나중 일이라도 우선 백련교 떨거지 녀석들이 계속 마족을 소환할 테니 말이야."

"아마 그렇겠죠."

현중도 그렇게 생각했고 테른의 판단도 그랬다.

수백 명의 피를 흘리면서까지 소환한 마족인데 겨우 몇 마

리 소환했다가 실패했다고 그만둘 녀석들이라면 애초에 시작하지도 않았을 것이다.

"나도 지금부터 현중 군과 함께 행동해야겠군."

베이스퍼도 결심을 한 듯 현중에게 말했다.

"편하실 대로 하십시오. 다만 각자의 목숨은 각자가 챙기셔야 합니다."

조금은 농담 섞인 협박을 현중이 하자 백호연은 살짝 표정이 굳었다. 하지만,

"당연하지. 누군가에게 목숨을 구걸 받을 만큼 약하진 않아."

당차게 자신의 말을 하는 백호연과 함께 베이스퍼도,

"뭐… 나도 어차피 검을 든 이상 죽음과는 떨어질 수 없는 사이지."

조금은 유식하지만 백호연과 같은 말이다.

그리고 이렇게 모두의 대답이 끝나자 자연스럽게 지금까지 한마디도 하지 않고 있는 카이쇼 무사시를 향해 시선이 모아졌다.

"자네는 왜 왔는가?"

뭔가 할 말이 있어 온 것 같은데 지금까지 단 한 마디도 하지 않는 카이쇼 무사시의 모습에 베이스퍼가 물어보았다.

순간 혼자 이런 생각 저런 생각을 하면서 잠시 정신을 놓고

있던 카이쇼 무사시는 화들짝 놀랐다.

"왜 그리 놀라나?"

베이스퍼가 또다시 묻자,

"…아닙니다. 저도 같이 행동하려고 왔습니다."

"그래? 자네도?"

베이스퍼는 의외라는 듯 카이쇼 무사시를 바라봤다.

일본 안에서는 거의 왕처럼 군림하면서 살아온 카이쇼 무사시가 아닌가?

다른 국가 공인 마스터와 달리 카이쇼 무사시는 일본에 있는 모든 무사의 스승이었다.

거기다 어디론가 나다니지 않는 성격을 잘 알기에 의외라는 표정을 지어 보이자,

"개인적인 일입니다."

자신의 치부를 굳이 이야기할 생각이 없는 듯 간단하게 한마디로 일축해 버리자 베이스퍼도 그냥 그러려니 했다.

마스터라고 불리긴 하지만 실제 카이쇼 무사시의 실력이 모든 마스터 중에서 가장 뒤떨어진다고 생각했고, 실제로도 마리아와 싸워도 카이쇼 무사시는 이기지 못할 것이다.

최근에 마스터에 오른 데이비드라면 아마 카이쇼가 이길 수 있을지 몰라도 그 외 바로 옆에 백호연만 해도 카이쇼 무사시를 상대로 100합 안에 제압이 가능했다.

　현재 베이스퍼는 카이쇼 무사시가 마나석으로 인해 인공적으로 마스터에 올랐다는 것을 모르고 있고, 이것은 카이쇼 무사시와 현중만 알고 있는 비밀이기도 했다.

　딸각.

　거의 이야기가 마무리될 무렵 회장실의 문이 열리면서 마리아가 들어왔다.

　"어머? 이곳에 다들 계시네요?"

　MI—6를 담당하는 마리아가 이곳에 국가 공인 마스터가 모여 있는 것을 모를 리 없지만 그냥 모른 척 농담조로 말을 하더니,

　"그보다 저랑 필리핀으로 가실 분 있나요?"

　"……?"

　"……?"

　갑자기 와서는 설명도 없이 필리핀으로 가자는 말에 다들 마리아에게 시선을 모았다.

　"소환술로 마족을 불러냈던 백련교 녀석 중 한 녀석으로 의심되는 녀석을 찾았는데 지금 필리핀에 있어요."

　벌떡!!

　마리아의 말이 끝나자마자 백호연이 곧바로 일어서더니,

　"당장 가지."

　역시나 예상한 대로 백호연이 가장 먼저 움직이자 마리아

는 살짝 미소를 지었다. 백호연이 베이스퍼를 한번 바라보자 조용히 일어서면서,

"가야겠지. 함께 움직이기로 했으니."

라고 말하자 카이쇼 무사시도 별수 없이 일어섰다. 도대체 자신이 모르는 무언가를 모두가 알고 있고 공유하는 것 같은데 그놈의 자존심 때문에 물어볼 수가 없는 것이다.

사실 카이쇼 무사시가 물어봤다고 해도 다들 설명할 방법이 없었다. 마족은 직접 눈으로 보지 않는 이상 믿는다는 것 자체가 황당한 일이니 말이다.

현재 지구상 최강의 초인들 파티에 유일하게 마족을 만나지 않은 사람은 카이쇼 무사시뿐이었으니 은근히 왕따이기도 했다.

결정적인 것을 모르니 겉도는 것이다.

"움직이죠."

현중이 가장 마지막으로 일어서자 백호연이 슬쩍 현중에게,

"혹시 필리핀도 순간이동으로 가능한가?"

순간이동에 재미를 들였는지 아니면 정말 빨리 가서 미친 백련교 녀석들을 처리하고 싶어서 그러는 건지 살짝 의심이 들긴 하지만 마리아도 혹시나 했다.

아무리 비행기가 빨라도 한국에서 필리핀까지는 시간이

걸린다. 그렇다면 현재 겨우 위성 추적으로 찾아낸 녀석을 놓쳐 버릴 수도 있기 때문이다.

지하에 숨어들어 버린 녀석들을 균의 정보와 MI—6의 정보력까지 총동원해서 조사한 결과, 겨우 한 놈을 찾아냈기에 속도가 절실했다.

“필리핀이라…….”

그러고 보니 현중은 필리핀을 간 적이 없다. 하지만,

“저는 안 되지만 가능한 녀석이 있죠. 테른.”

현중이 아무렇지도 않게 테른을 부르자 현중의 뒤쪽 그림자에서 테른이 쑤욱 튀어나왔다.

“……!”

“……!!”

당연히 테른의 등장에 마리아를 제외한 전원은 화들짝 놀랐다.

자신의 주변에 누군가가 있었다면 그걸 모른다는 것은 말도 안 되는 이들이기 때문이다.

하지만 마리아는 오히려 테른의 등장이 당연하다는 듯,

“테른 씨는 가능한가요?”

이미 현중이 없는 동안 나름 친해진 테른과 마리아였기에 친근하게 물어보았다.

—네. 구체적으로 원하는 지역이 있습니까?

　마치 관광 가려고 하는데 어딘가 원하는 곳이 있는지 물어보는 것 같은 말투에 마리아는 피식 웃고는,

　"필리핀 민다나오 섬으로 가야 해요."

　테른은 마리아가 말한 지역의 이름을 듣자마자 슬쩍 현중을 한번 보고는,

　―그곳이 어떤 곳인지는 설명이 필요하겠군요.

　라는 말과 함께 현중의 뒤로 물러났다.

　"어차피 바로 설명하려고 했으니까요."

　"왜 그러지? 민다나오 섬이 어떻길래?"

　사실 베이스퍼나 백호연, 카이쇼 무사시 등은 그다지 여행을 다니지 않는 편이었다. 뭔가 일이 있을 때마다 움직여 세계를 돌아다니지만, 그건 일 때문이지 관광이 아니다.

　그렇기에 필리핀의 민다나오 섬의 이름을 들었을 때 '그냥 섬이구나' 라고 생각했을 뿐이다.

　현중도 필리핀의 민다나오 섬에 관해서는 들은 게 없기에 정보가 없기는 마찬가지였다.

　"우선 민다나오 섬은 치안이 극도로 불안한 지역이에요."

　"극도로… 불안하다니?"

　마리아의 말에 베이스퍼가 의문을 표하자,

　"간단하게 설명하면 길 가다가 폭탄 맞아도 이상할 게 없는 지역이란 말이에요."

“……”

마리아의 간단하면서도 귀에 쏙쏙 들어오는 설명에 다들 할 말을 잃어버렸다. 물론 지금의 멤버가 그런 폭탄 같은 것에 겁먹을 위인들은 아니다. 총알도 피하는 초인들이니 말이다. 다만 필리핀에 그런 곳이 있었는지 전혀 몰랐던 것이다.

“세상에서 가장 골치 아픈 분쟁이 일어나는 곳이에요. 바로 종교 분쟁이죠.”

“허허, 나 참.”

베이스퍼는 종교 분쟁이라는 말에 혀를 찼다.

세상에서 가장 지독하면서도 피하고 싶은 곳이 바로 종교 분쟁이 일어나는 곳이다.

자살 폭탄 테러는 기본이고 자신의 목숨을 버리면서까지 테러를 하는 녀석들이 널린 곳이 바로 종교 분쟁 지역이다.

신의 이름으로 하는 전쟁은 세상에서 가장 추악하면서도 가장 잔인한 전쟁일 수밖에 없다.

자신이 아닌 신이 이끈다고 믿는 미치광이 집단의 전쟁이니 당연하다.

그리고 그 광기는 일반인들이 생각하는 것 이상으로 상상을 초월한다.

“본래 그곳은 이슬람교를 믿는 주민들이 살고 있었어요. 그런데 미국이 통치하면서 기독교를 믿는 주민들이 이주해

오면서 문제가 시작되었죠. 아시죠? 이슬람교와 기독교의 전
쟁의 역사를.”

마리아의 말에 다들 고개를 끄덕였다.

백년전쟁이라고 불리는 유명한 십자군전쟁이 역사책에 등
장할 만큼 극명하게 이슬람교와 기독교 사이를 보여주니 말
이다.

웃기게도 이슬람과 기독교 모두 오직 신은 하나라는 교리
에 따라 서로의 신을 인정하지 않으면서 시작된 것이다.

그건 세상에서 가장 추악한 전쟁이기도 했다.

“장난 아니겠군요.”

현중은 마리아의 설명을 듣고도 그냥 그러려니 했고, 다른
사람들도 그런 곳이 있다는 것을 처음 알았다는 것에 살짝 놀
랐을 뿐 별다른 감흥은 없어 보였다.

현중의 그런 반응에 마리아는 그럴 줄 알았다는 듯 웃으면
서 설명을 더했다.

“그리고 각자 무기를 꼭 지참하세요. 반군 세력으로 들어
갔으니까 끌고 나오려면 액션 활극 하나 찍어야 할지도 모르
니까요.”

마리아의 말이 끝나자마자 곧바로 베이스퍼는 탁자 위에
있는 다마스쿠스의 검을 챙겼고, 카이쇼는 자신의 허리에 차
고 있는 검을 만지작거렸다.

철컥!

백호연은 지금 당장 필리핀 반군 세력 안으로 쳐들어갈 듯 권갑을 양손에 끼고 어깨에 견갑까지 착용하고 나서는,

"가자."

이곳의 그 누구보다 적극적으로 행동했다.

물론 조금 나서는 경향이 있지만 본래 성격이 그런 것을 어떻게 하겠는가.

아무튼 이렇게 일행 모두 준비가 끝나자 테른이 중앙에 서고 테른을 중심으로 다섯 명의 인원이 둘러싸고 있는 진형을 만들었다.

'이게 도대체 뭐하자는 건지… 나 참.'

일행 모두 아무 말 없이 테른이 시키는 대로 움직이고 있지만 카이쇼만큼은 내심 도대체 이게 뭐하자는 건지 도통 이해가 가지 않았다.

당장 공항으로 달려가도 시원찮을 판에 테른을 중심으로 둘러싸듯 서 있으라고 하니 무슨 외계인을 부르는 집회를 하는 것도 아니고 이곳에 도착하고 나서부터 무엇 하나 마음에 드는 게 없다.

그렇다고 이제 와서 그만둘 수도 없으니 다른 이들이 하는 대로 따라서 움직이긴 하지만 싫은 것을 억지로 하는 듯 한 박자 늦을 수밖에 없었다.

─그럼 출발합니다.

불만이 가득한 카이쇼가 속으로 뭐라고 하든 말든 테른은 진형이 갖춰지자 곧바로 마력을 개방했다.

쇄라라라라!!

테른의 마력이 개방되자 테른의 발밑을 중심으로 원이 그려지더니 알 수 없는 문양이 저절로 빛을 내면서 움직였고, 곧 마법진을 완성했다.

─이동!

테른이 간단한 시동어를 외치자,

스팟!

대동그룹 회장실에 있던 초인들은 공기에 녹아들 듯 마법진 속으로 사라져 버렸다.

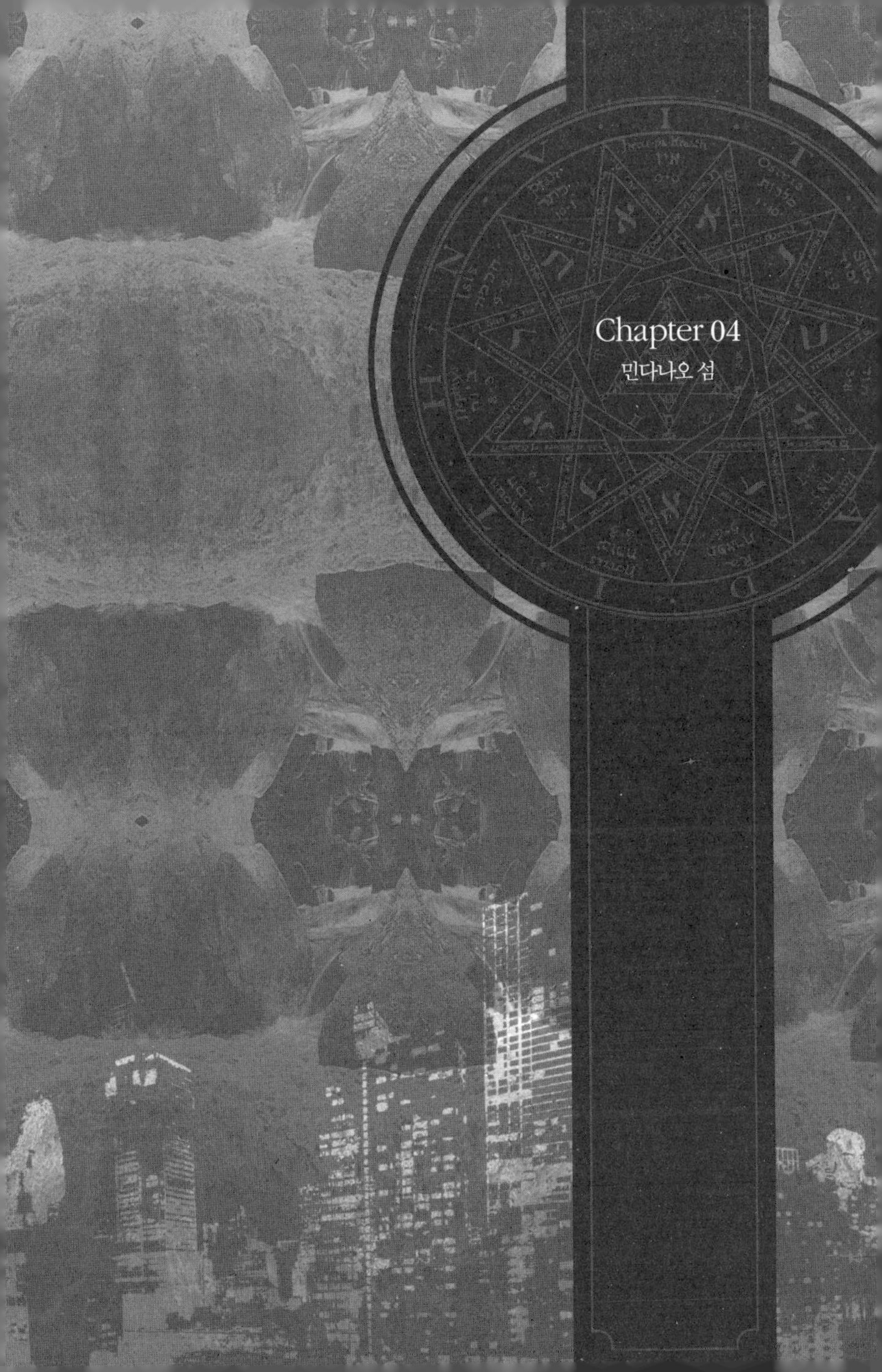
Chapter 04
민다나오 섬

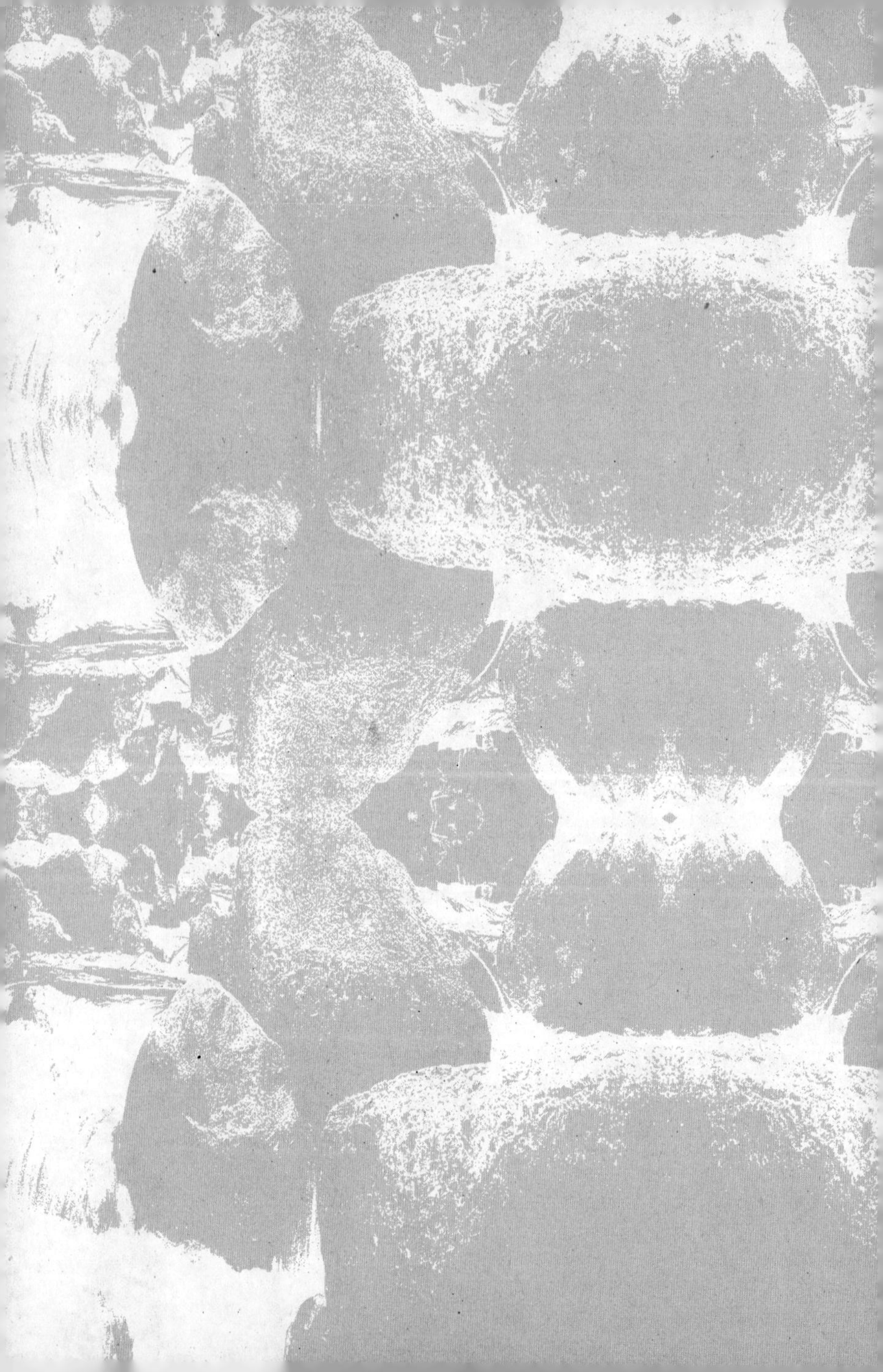

"아, 머리 어지러……."

테른의 마법으로 필리핀 민다나오 섬에 도착한 일행은 세련된 사무실에서 갑자기 열대우림으로 주변 환경이 바뀐 것에 적응을 못하고 있었다.

그중에서 카이쇼 무사시는 순간 머릿속이 울리는 느낌에 쓰러질 뻔한 것을 겨우 중심을 잡고 서 있었다.

"그거 처음에만 그렇지 곧 괜찮아질 거요."

백호연은 이미 한 번 경험을 했기에 충고 비슷하게 말을 했으나 그게 끝이었다. 이곳에 있는 일행 개개인이 서로 챙겨줄

만큼 약한 이들도 아니니 말이다.

딸각.

마리아는 도착하자마자 주머니에서 GPS 수신기를 꺼내더니 위치를 파악하기 시작했고, 몇 분 뒤에 원하는 위치는 아니지만 제법 가까운 곳에 이동했다는 것에 만족하는 듯했다.

"이곳에서 북쪽으로 10㎞ 가면 반군기지가 있어요. 그곳에 우리가 찾는 녀석이 있을 거예요."

쾅쾅!!

백호연은 자신의 양손에 낀 권갑을 서로 부딪쳐 각오를 다지듯 행동하면서 역시나 가장 앞장서서 걸어나갔다.

"의욕이 넘치는군요."

카이쇼 무사시는 시간이 지나 겨우 어지럼증이 사라지자 걸어가는 백호연의 모습에 한마디 했다. 하지만 다들 듣지 못했는지 주변을 살피기에 바빴다.

놀기 위해 온 것이 아닌 이상 주변을 살피는 것은 본능이었다.

"가죠. 주변에 아무것도 없으니까요."

10㎞ 정도면 이들에게는 집 앞 슈퍼 가는 정도 거리밖에 되지 않기에 가볍게 다들 발돋움해서 뛰어가려고 했다.

그때,

띠띠띠띠.

마리아의 주머니에서 신호음이 들렸다.

"……?"

마리아는 자신의 주머니에서 좀처럼 듣기 힘든 신호음이 들리자 물건을 꺼내 들었다. 그건 혹시나 싶어서 MI—6 본부와 일대일로 긴급 통신을 하기 위한 무전기로 오직 마리아만 가지고 있는 것이다.

MI—6를 총괄하는 위치에 있지만 국가 공인 마스터라는 특징 때문에 MI—6 본부에 있기보다 바깥출입이 너무나도 많은 마리아와 본부가 서로 연락을 하기 위해서 어쩔 수 없이 마리아만을 위한 위성 무전기였던 것이다.

"무슨 일이지?"

[치~ 여기는 비둘기, 참새는 응답하라.]

"……"

순간 마리아는 위성 무전기에서 들리는 말을 듣고는 할 말을 잃어버렸다. 비둘기? 참새? 마리아는 도대체 누가 이따위 작명 센스로 만들어서 연락하는지 한소리 하고 싶지만 주변 상황이 그런지라 우선 모른 척했다.

"여기는 참새, 비둘기 응답하라. 무슨 일이지?"

[치~ 익, 비둘기가 정보를 보냅니다. 알을 품은 갈매기가 곧 그곳으로 도착할 것이라는 정보입니다.]

"……"

마리아는 도대체 이런 구닥다리 암호 같지도 않은 암호를
만들어서 연락하는 것에 결국 폭발해 버렸다.

"…비둘기고 뭐고, 그냥 똑바로 말해. 내가 가서 이거 작명
한 놈 모가지 비틀어 버리기 전에."

[…치~ 익, 알겠습니다. 데이비드님을 비롯해 기사수련생
전원이 한국을 향해 가다가 보스가 필리핀에 있다는 것을 알
고 도중에 항로를 바꿔 10분 뒤에 필리핀 상공을 지나게 됩니
다. 그때 전원이 접선하라는 상부의 지시입니다.]

"…데이비드가? 그리고 상부의 지시라니? 무슨 말이야?"

마리아가 MI—6 수장인데 누가 지시를 내린단 말인가?

하지만 마리아는 자신이 말해놓고도 곧 자신에게 명령을
내릴 수 있는 유일한 사람을 떠올렸다.

[치~ 익, 왕실에서 내려온 명령입니다. 여왕 폐하의 직인
이 찍힌 명령서를 받았습니다.]

"……"

결국 여왕이 현중이 돌아온 것을 알아차린 것이다.

그동안 마리아가 잘 구슬려서 현중이 사라진 것을 최대한
감추고 어떻게든 무마했는데 어떻게 알았는지 여왕이 현중의
복귀를 귀신같이 알아낸 것이다.

그게 아니라면 데이비드가 정보를 흘렸을지도 몰랐다.

"젠장, 정보가 샜군."

[…치~ 익, 죄송합니다, 보스.]

MI—6 요원들도 왕실의 직인이 찍힌 명령서가 내려오자 별수 없었다. 그나마 이렇게 미리 알려주는 것만도 다행이었다.

아마 마리아 전용 위성 무전기가 없었으면 이런 사실도 모르고 계속 움직였을 것이다.

"알았다. 이후는 내가 알아서 할 테니 상부에는 그렇게 전달하도록."

[치~ 익. 넷, 보스.]

딸각.

마리아가 위성 무전기를 끊고 주머니에 넣자 자신을 바라보는 시선들이 느껴졌다.

"다들 들으셨죠? 저의 여왕 폐하께서 지원군을 보내셨네요."

마리아는 최대한 얼버무리려고 했지만 이미 무전 내용을 다 들은 일행에게는 씨알도 먹히지 않았다.

"짐이겠지."

"심부름꾼으로 써야 하나?"

"크크큭, 기사수련생? 고리타분하군."

다들 데이비드 외 기사수련생의 합류를 탐탁지 않게 생각했고, 그건 솔직히 마리아도 마찬가지였다.

지금 이들이 가는 곳은 마족이 나타날지도 모르는 곳이다. 그런데 특수부대원이라지만 일반인을 데리고 가는 건 그들을 죽음으로 내모는 것이나 마찬가지다.

하지만 계급이 깡패라고, 여왕이 직접 직인까지 찍어서 명령서를 내려 보냈으니 마리아로서는 거부할 수가 없었다.

마리아에게 유일하게 명령할 수 있는 곳은 오직 영국 왕실뿐이었으니 말이다.

"먼저 가실래요? 제가 기다렸다가 인솔해서 갈게요."

마리아는 자신 때문에 발걸음이 늦어진 것에 미안해서 말했지만,

"뭐, 기다리죠."

현중이 느긋하게 한마디 하면서 바로 옆의 앉기 적당한 바위 위에 걸터앉았다.

그러자 베이스퍼도 어깨를 으쓱하더니,

"뭐, 그놈이 도망갔다면 마야가 다시 찾아주겠지."

라고 말하면서 현중 옆에 적당히 자리 잡고 앉아버리자 일행 전원이 잠시 쉬기로 한 듯 멈췄다.

백호연만 못마땅한 듯 구시렁거리긴 했지만 자기 혼자 갈 생각은 없는 듯 가장 마지막에 자리를 깔고 걸터앉았다.

"죄송해요."

원하지 않았지만 결국 마리아가 모두의 발목을 잡아버린

상황이 되어버렸기에 사과를 했다. 다들 마리아 탓이 아닌 것은 이미 알고 있기에 가볍게 웃음으로 얼버무렸다.

대략 10분 조금 넘게 쉬었을까? 현중이 조용히 하늘을 바라봤다.

솔직히 땅 위에서 높은 고도를 지나가는 비행기의 기척을 감지하기란 거의 불가능했지만 현중은 정확하게 비행기가 지나가는 순간 하늘을 올려다봤고, 계속 현중의 동태를 살피던 베이스퍼도 무심결에 하늘을 바라봤다가 비행기가 지나가는 것을 보았다.

그리고 비행기에서 검은색 점 같은 것이 떨어져 나오는 것도 확인했다.

"많군."

베이스퍼는 비행기에서 검은 점이 하나둘씩 보이기에 그러려니 했는데 그게 한두 개가 아니었다.

100개까지 세다가 결국 앉아서 하늘을 쳐다보는 것이 얼마나 목이 아픈지 뒤늦게 깨닫고는 포기해 버렸다.

어차피 곧 땅에 착지하면 자연스럽게 알게 될 텐데 뭐하러 힘들게 하늘을 향해 숫자를 세고 있단 말인가.

현중은 이미 비행기에서 뛰어내리는 사람들이 있다는 것을 확인하는 순간 시선을 돌려 주변을 감상하는 중이었다.

털썩~

털썩, 털썩, 털썩.

마치 하늘에서 낙하산이 쏟아지는 착각을 불러일으킬 만큼 엄청난 숫자의 낙하산이 집중적으로 현중 일행이 있는 곳으로 떨어졌다.

약간의 시간적 차이가 있지만 대략 10분 안에 모두 안전하게 낙하하는 데 성공했다.

하긴 이들의 경력을 보면 이 정도 낙하는 오히려 낙하 연습보다 더 쉬운 수준이기에 다친다면 그게 오히려 이상할 것이다.

"집합!!"

마리아가 모두가 내려왔다는 것을 확인하고 나직하지만 마나를 실어 한마디 했다.

훌러덩.

훌러덩훌러덩.

수련생들이 일사불란하게 낙하산을 바로 벗어버리고는 순서대로 마리아 앞에 도열하기 시작했다.

척척척척척척.

무슨 기계로 줄을 맞춘 듯 딱 맞는 간격으로 아주 짧은 시간에 도열하기까지 걸린 시간은 겨우 1분 남짓이었다.

"전원 무사한가?"

마리아가 안부를 묻기보다 인원의 숫자에 대한 뜻으로 물어보자 마리아 바로 앞에 있던 남자가 큰 소리로 대답했다.

"옛썰!!"

그런데 그 대답을 들은 마리아는 손가락으로 머리를 슬쩍 누르면서,

"데이비드… 결국 따라왔군요."

마리아의 질문에 대답한 건 바로 데이비드였다.

하지만 1년 전의 골칫거리 데이비드의 모습을 찾아볼 수가 없었다. 마치 갓 군대에 입대해서 신병 훈련을 마친 신병처럼 군기가 잔뜩 들어간 모습이다.

현재 계급으로도 데이비드는 마리아보다 한 단계 아래였다. 역시나 마스터도 짬밥을 먼저 먹고 마스터 생활을 오래 한 마리아가 선배이게 마련이다.

거기다 현중이 사라지고 나서 마리아와 데이비드가 대련을 한 적이 있었다.

그전까지는 데이비드의 미친 짓으로 사람들이 생각했지만 마스터에 오른 데이비드는 다르다는 기대감에 여왕까지 이례적으로 찾아와서 마리아와 데이비드의 대련을 구경했을 정도로 엄청난 관심을 끌었었다.

하지만 결과는 거의 압도적으로 마리아가 데이비드를 가지고 놀다시피 했다.

데이비드는 마리아의 털끝 하나 건드려 보지 못하고 일방

적으로 얻어맞다가 결국 대련장에 쓰러져 버렸다.

그 모습을 본 여왕은 많이 놀랐다.

분명 데이비드는 마스터의 증거인 오러 블레이드를 만들어냈다. 그 말은 마스터가 되었다는 것이다. 통상적으로 마스터와 마스터가 붙으면 자웅을 가늠하기 힘들다는 게 이들이 알고 있는 상식이었다.

하지만 데이비드와 마리아의 대련으로 인해 그 상식적인 통념이 산산이 부서져 버렸다.

마리아의 일방적인 공격, 아니, 일방적인 구타에 가까운 주먹질에 데이비드는 제법 막긴 했지만 그것도 잠시뿐이었다.

한번 마리아의 공격이 데이비드의 몸에 적중하자, 그 후로 마리아의 주먹이 데이비드의 모든 방어를 무장해제 시켜 버리기까지 그리 오랜 시간이 걸리지 않았다.

이 사건으로 인해 그동안 마스터는 모두 동급이라는 상식이 사라지고 마스터라고 해도 등급이 존재한다는 것을 처음으로 알게 되었다.

물론 데이비드는 마스터 중에서도 최하위였다. 하지만 데이비드가 약한 것은 아니다.

실제로 기사수련생 150명을 상대로 1 대 150 대련을 한 적이 있었다.

그 결과 시간이 제법 걸리긴 했지만 그리 어렵지 않게 150명을 연무장 바닥에 때려눕히는 데 성공했던 데이비드다.

　그런데 그런 데이비드가 마리아 앞에서는 털끝 하나 건드려 보지 못하고 드러누운 것은 그날 그 자리에 있던 모두에게 신선한 충격을 주었다.

　그 이후에 데이비드는 완전 달라져 버렸다. 그전까지 있던 마스터가 되었다는 자만심은 완전히 사라진 것이다.

　자기 스스로 다시 기사수련생과 똑같은 훈련을 받고 나서도 마리아에게 개인적으로 훈련을 더 받는 등, 사람이 저렇게 변해도 괜찮을까 싶을 만큼 180도 바뀌어 버린 것이다.

　물론 마리아는 데이비드의 치명적인 약점을 알고 있기에 그토록 쉽게 이길 수 있었다.

　문제는 데이비드 본인이 자신의 그 치명적인 약점을 전혀 모르고 있다는 것이다. 상대는 알고 있는데 본인이 자신의 약점을 모른다면 백번 싸워봤자 백번 지는 것은 불을 보듯 뻔한 일이다.

　"여왕 폐하께서… 보내셨군요."

　마리아가 데이비드를 보면서 가시가 박힌 말을 하자 데이비드는 슬쩍 눈동자를 옆으로 돌려 마리아의 시선을 피했다. 거짓말을 할 수는 없으니 입을 다물어 버린 것이다.

　현재 마리아가 데이비드를 비롯해 기사수련생의 직속상관의 위치에 있으니 이렇게 행동하는 것이다.

"모두들 오랜만이야."

마리아와의 대면이 끝나자 현중이 슬쩍 손을 들면서 모두에게 인사를 건네자,

척!

데이비드가 갑자기 차렷 자세를 취하더니,

"교관님께 전체 경례!"

착!!

마치 한 사람이 경례를 하는 듯 151명 전원이 동시에 현중을 향해 경례를 하는데 그 모습을 본 다른 일행은 헛웃음을 지었다.

"재주도 좋아. 영국 SAS 녀석들까지 구워삶았구먼."

백호연은 기가 막힌다는 표정이고 베이스퍼는 이미 마리아에게 들은 게 있으니 그냥 쓴웃음만 지을 뿐이었다.

반면 카이쇼 무사시는 어안이 벙벙했다.

도대체 현중의 영향력이 어느 정도길래 영국의 여왕이 직접 명령을 내려 영국의 마스터 두 명을 모두 현중의 곁으로 보낸단 말인가? 자신의 상식으로는 도저히 이해가 가지 않는 모습이었다.

국가 공인 마스터는 그 국가의 마지막 방패이기도 하다.

즉, 최후의 무기인 셈이다. 그런데 그런 마스터 두 명을 모두 현중이 있다는 이유만으로 보내다니 상식 밖이었다.

거기다 교관이라는 말에도 카이쇼는 고개를 갸웃거렸다.

아무튼 주위 사람들이 그러거나 말거나 현중은 앉아 있던 바위에서 천천히 몸을 일으키더니,

"다들 여기가 어딘지는 알고 있겠지?"

"넷, 교관님!!"

현중과의 첫 만남이 너무나 강렬했기에 1년이 지난 뒤이지만 현재 데이비드를 포함한 151명의 뇌리에는 현중은 무적이라는 인식이 완전히 각인되어 있었다.

데이비드가 현중의 기록에 도전한다고 대련했을 때도 두 시간 넘게 걸렸다. 마리아도 물론 도전했지만 데이비드보다 조금 더 빠를 뿐 크게 차이는 없었다.

비공식이긴 하지만 현중의 1 대 150 대련 시간은 SAS 역사상 절대로 넘을 수 없는 벽인 셈이다.

"가자."

현중이 곧바로 몸을 돌려 걸어가자 기사수련생은 일제히 자신들이 등에 메고 있는 무기를 꺼내 실탄이 든 탄창을 결합하기 시작했다.

탁탁탁탁탁.

151명의 특수부대원이 일제히 탄창을 장착하는 모습이나 소리는 일반 사람이 봤다면 겁을 먹었을 테지만 안타깝게도 현재 현중 일행에게는 그냥 탄창 끼우는구나 하는 정도였다.

무기도 다양했다. 종교 분쟁으로 심심하면 폭탄이 터지는 곳이라 그런지 방탄복에 실제 작전에 사용하는 무기를 모두 들고 온 듯했다.

MP5A3는 기본이고 박격포부터 유탄발사기가 달린 C8 Carbine까지, 점하는 모습만 본다면 마치 필리핀 반군들의 기지를 쓸어버리러 가는 걸로 보일 정도다.

전쟁영화나 일반인들이 보면 멋지게 보이긴 하지만 역시나 현중 일행에게 이들은 짐일 뿐이었다.

"…역시 느리군."

베이스퍼가 가볍게 한마디 하자 백호연은 슬쩍 뒤를 한번 보고는 한숨을 내쉬었다.

이들만 움직였다면 이미 벌써 도착하고도 남을 시간이지만 뒤에 151명의 꼬리 때문에 힘들게 정글을 헤치면서 가야 하기 때문이다.

거리상으로는 10km 정도지만 길이 없는 정글을 뚫고 가는 것은 만만치 않은 일이었다.

그나마 SAS 특수부대원이기에 결코 느린 속도가 아니지만 마스터로 이루어진 현중의 일행에게는 한없이 느리기만 했다.

대략 한 시간 정도 지났을까? 겨우 마리아가 코앞에 목표 지점이라는 말과 함께 조용히 움직이기 시작했다.

“다 왔어요. 바로 저기예요.”

마리아의 말에 다들 시선을 돌려 바라본 곳은 콘크리트로 만들어진 커다란 성을 연상케 하는 크기의 기지였다.

그런데 막상 반군기지에 도착은 했는데 뭔가 이상했다. 그래도 반군기지인데 문 앞에 보초병 하나 없는 것이다.

위성으로는 100% 확실한 상황을 알기가 쉽지 않았고, 우거진 정글의 특성상 위성 카메라로 감시한다고 해도 실제로 기지 내부의 정보를 얻을 확률은 30%도 되지 않기에 긴장했다.

혹시나 저번처럼 어린아이 몸에 들어간 마족이 나타난다고 생각하면 지금도 자다가 소름이 끼칠 지경이니 말이다.

“여기서부터는 우리만 들어간다.”

베이스퍼가 다마스쿠스의 검을 뽑아 들면서 말하자 마리아는 뒤의 데이비드에게 한마디 했다.

“지금부터 마스터만 들어간다. 다른 수련생들은 여기서 대기하도록. 그리고 무언가 이상한 것이 나타나면 지체없이 후퇴하도록.”

마리아의 딱딱한 말투에 데이비드는 슬쩍,

“저도… 마스터입니다만…….”

“껍데기만 마스터겠지.”

곧바로 독설에 가까운 한마디를 날리자 데이비드는 그대로 입을 다물어 버렸다.

그리고 데이비드와 150명의 기사수련생은 뒤로 물러나고 진짜 알짜배기인 마스터 군단이 움직이기 시작했다.


"벌레 한 마리 울지 않는군."

기지에서 500m 전까지는 그래도 풀벌레 우는 소리가 들렸지만 기지에 가까워질수록 정글에서는 흔하디흔한 벌레 하나 보이지 않았다.

그리고 너무나도 고요하다고 해야 할까? 마치 생명의 숨결이 모두 사라진 유적지에 발을 들이는 것 같은 느낌을 모두가 받았다.

저벅저벅.

백호연을 선두로 해서 가장 마지막에 현중이 느긋하게 일렬로 움직이는데 요즘 같은 총이 기본이 되는 시대에 칼을 들고 들어가는 게 좀 이상하게 보일지도 몰랐다.

하지만 이들에게 칼은 그 어떤 무기보다 무서운 위력을 발휘했다.

끼이익.

"……!"

그들은 살아 있는 생명의 기척조차 느껴지지 않는 기지에 다가갔다. 거의 지척까지 갔을 때, 굳게 닫혀 있던 기지의 문이 삐그덕 열렸다.

모두가 숨을 죽이고 걸음을 멈추는데, 그 안에서 봉두난발의 머리에 옷이 찢어지다시피 해서 거의 나체가 다름없는 여자가 얼굴을 들이밀고 나왔다.

털썩.

그대로 힘없이 쓰러져 버렸다. 그런 모습에 백호연이 곧바로 여자의 곁으로 다가가려고 하는 순간,

덥석.

베이스퍼가 백호연의 어깨를 잡았다. 백호연은 베이스퍼를 보면서 왜 자신을 막느냐고 묻는 듯 바라봤지만 베이스퍼는 고개를 흔들면서 허우적거리는 여자를 보면서도 냉정하게 바라보기만 했다.

그런데 베이스퍼뿐만이 아니었다. 마리아도 똑같이 바라보기만 할 뿐이다.

"다들 왜 그러는 거요?"

백호연이 결국 참지 못하고 한마디 하자,

"여기는 적의 심장부라는 것을 잊었는가? 그리고 이슬람교를 믿는 반란군 기지에서 여자가 나타났다는 것은 무조건 조심해야 하는 걸세."

"도대체 왜?"

백호연은 군사적인 작전을 수행한 적이 없기에 카이쇼 무사시보다는 경험이 많지만 베이스퍼나 마리아보다는 한참 적

은 편이었다.

"자살 테러."

베이스퍼가 간단히 한마디 하자 백호연의 얼굴이 굳어버렸다.

여자이고 다친 것 같다는 모습에 순간 지금 여자가 나온 곳이 어디인지 잊어버린 것이다.

"그리고 명심하게. 자살 테러를 실행하는 사람은 성인 남자가 50%, 여자가 40%, 그리고 어린애가 10% 정도이네."

꿀꺽.

도대체 무슨 정신 상태로 어린아이까지 자살 폭탄 테러범으로 만드는 건지 모르지만 백호연은 우선 저 여자가 어찌 되었든 간에 다가가려고 했던 자신의 실수를 반성했다.

현재 자신들은 군사작전이라고 해도 이상하지 않을 지역에 와 있고, 들어가야 할 곳이 바로 반군기지라는 것을 잠시 잊어버린 것이다.

너무나 조용하고 사람의 기척이 느껴지지 않는 기지의 분위기에 잠시 잊어버린 것이다.

"살려… 주……."

여자는 꿈틀거리며 마치 눈앞에 뭐라도 있는 듯 손을 뻗어 움켜잡으려는 행동을 했다.

목소리는 거의 기어들어 가듯 다 죽어가고 있었지만 상황이 상황인지라 아무도 움직이지 않았다.

"컥!"

갑자기 여자는 목이 막힌 듯 숨을 헐떡이기 시작하더니 괴로운 듯 자신의 목을 양손으로 움켜쥐고 발버둥치기 시작했다. 방금 전까지만 해도 다 죽어가는 여자라고는 생각되지 않을 만큼 맹렬하면서도 요란했다.

뚝.

그런 움직임도 몇 초를 넘기지 않고 갑자기 필름을 재생하다 정지한 것처럼 딱 멈췄다.

꿀꺽.

여자의 이상한 반응에 일행 모두가 긴장했다. 통상적으로 저런 반응을 보이는 자살 폭탄 테러범은 없기 때문이다.

하지만 그렇다고 그냥 무시하기에는 너무나 이상한 행동이었다.

그때 현중이 가장 뒤에 있다가 슬그머니 앞으로 나오더니,

"이런, 시작되었군."

현중의 말이 끝나자 고장 난 장난감마냥 삐그덕거리면서 여자가 몸을 일으키고 있었다.

현중은 마스터들의 파티에서 솔직히 이들을 위협할 만한 존재는 마족뿐이라고 생각했기에 일부러 가장 후미에 자리를 잡았었다.

정말 마족의 소환이 성공했다면 정면보다는 뒤쪽에서부터
공격하는 게 마족들의 전통적인 공격 방식이면서도 가장 효
과적인 공격 방법이니 말이다.

뒤에서부터 동료가 하나씩 사라지는 것은 직접 당해보면
그 공포의 수준은 상상을 초월한다.

공포영화에서 가장 뒤쪽의 녀석부터 죽는 것에 사람들은
공포를 느낀다. 물론 거의 정해진 레퍼토리 중의 하나지만 그
만큼 보는 사람들이 확실하게 공포를 느끼기 때문이다.

보는 사람들이 공포를 느낄 정도면 직접 당하는 사람은 제
정신을 유지하기가 쉽지 않다.

그렇기에 대륙이나 지구나 일반적으로 파티를 짜서 이동
할 때 가장 선두와 후미는 무조건 가장 강한 사람이 자리하는
것이 불문율이다. 중간은 모든 상황을 지휘할 수 있는 사람이
자리한다.

이건 실제로 파티를 짜서 행동해 본 사람만이 알고 있는 일
이다. 그렇기에 지금 일행이 이동할 때도 백호연이 나서긴 했
지만 바로 뒤에 현중을 제외하고 가장 강한 베이스퍼가 자리
잡았고, 현중은 일부러 가장 뒤쪽으로 물러난 것이다.

하지만 가장 뒤에 있기에 지금 여자의 반응을 현중은 조금
늦게 알아차렸다.

그리고 뒤늦게 알아차리고 앞으로 나섰을 때는 이미 시작

되어 버린 것이다.

"설마?"

베이스퍼는 현중의 말을 듣는 순간 현중의 눈동자를 바라봤다.

현중이 고개를 작게 끄덕이자 누가 먼저랄 것도 없이 둘은 마치 쏘아진 화살처럼 이상하게 굳어버린 여자를 향해 뛰어들었다.

"일섬!"

베이스퍼는 뛰어들면서 뽑아 든 다마스쿠스의 검을 휘둘러 여자의 머리를 잘라 버렸다.

한 박자 차이지만 베이스퍼의 검이 여자의 목을 쳐버리는 순간 현중은 곧바로 여자의 가슴을 향해 주먹을 가져다 대더니,

"합!"

퍼억!!

마나를 힘껏 여자의 몸속에 쑤셔 박아 넣었다.

그러자 현중의 마나를 견디지 못한 여자의 몸은 크레이모어가 터지듯 등 쪽이 산산이 터지면서 피를 흩날렸다.

털썩!

현중이 주먹을 여자의 몸에서 떼어내자 베이스퍼에게 잘린 머리와 현중의 주먹에 터져 버린 상체를 제외한 하체만 남

은 여자의 몸이 힘없이 쓰러져 버렸다.

"뭐야, 지금?"

너무나 갑작스럽게 벌어진 일에 뒤쪽에 있던 백호연은 놀랄 뿐이었다.

가까이 가지 말라고 자신을 잡았던 베이스퍼가 갑자기 뛰어든 것도 그렇고, 현중까지 뛰어들어 여자의 시체조차 남기지 않으려는 듯 잔인하다 싶을 정도로 처참하게 몸을 터뜨린 것이다.

하지만 실제로는 아주 간발의 차이로 여자가 마수로 변하는 것을 막은 것이었다.

사람의 몸속에 마수의 씨앗을 강제로 심어놓고 마수의 씨앗을 심은 자가 원하는 때에 인간의 몸을 숙주로 해서 급격하게 인간이 마수로 변해 버리는 것이다.

현중은 이미 대륙에서 지겹도록 그것을 봤기에 바로 여자의 이상한 모습에 알아챘고, 베이스퍼는 현중의 말을 듣고 직감적으로 움직인 것이다.

"뭔지 모르지만… 막은 거겠지?"

베이스퍼는 자신이 왜 움직였는지도 알지 못할 만큼 본능적으로 움직였다. 그리고 자신의 왼팔을 한번 바라보더니,

"역시 거추장스러워. 젠장."

베이스퍼는 왼팔을 내려다보며 혀를 찼다.

방금 여자의 목을 벨 때 뭔가 손목에 충격이 남은 것이다.

그의 왼팔을 부러져서 현재 반 기브스 상태였다.

덕분에 움직임에 제약이 많다.

그는 귀찮다는 듯 일부러 해놓은 붕대를 거칠게 풀어버리고, 석고까지 떼어내 뒤로 던져 버렸다.

"엄살이었나요?"

현중이 슬쩍 물어보자,

"이게 엄살로 보이는가?"

베이스퍼가 자신의 어깨에서부터 팔뚝까지 봉합한 수술 자국을 슬쩍 보여주자 현중은 씨익 웃었다.

마이스터에 올랐으니 이미 지금쯤이면 내상은 거의 치료가 끝났을 것이다. 마나란 본래 자연 치유적인 능력이 강한 편이고, 그런 마나를 다루는 마스터들은 상처를 입어도 자연적으로 웬만한 상처는 흉터 하나 없이 치료가 되었다.

하지만 요번의 상처는 마족에게 당해서 그런지 쉽게 아물지 않아서 어쩔 수 없이 베이스퍼도 봉합 수술을 받은 듯했다.

휙! 휙!

붕대를 풀어버린 베이스퍼는 몇 번 왼팔을 휘둘러 보고는,

"뭐 크게 불편하진 않군."

베이스퍼는 뭔지 모르지만 마족이 나타날 거라고 생각하

자 한가롭게 붕대를 감고 싸울 수가 없었다. 약점이란 파고들라고 있는 것이고, 붕대를 감고 있는 자신은 현재 그것이 약점이었다.

“무슨 일이에요?”

“뭣 때문에?”

마리아와 백호연, 그리고 카이쇼 무사시까지 뒤늦게 달려와서 물어보자 베이스퍼는 눈짓으로 현중을 바라보았다. 모두의 시선이 현중에게 쏠렸다.

“마족으로 변하려고 하기에 처리한 것뿐입니다. 차라리 이렇게 처리하는 게 가장 확실하면서도 그나마 인도주의적이거든요.”

현중은 너무나 태연하게 말했지만 카이쇼 무사시와 백호연은 아직도 꿈틀거리는 여자의 다리를 보고는,

‘저게 인도적인 거라고?

라고 생각한 백호연과,

‘미쳤지. 사람을 터뜨리는 능력도 대단하지만 저렇게 죽이는 게 인도적이라니…… 그럼 비인도적인 방법은 도대체 뭐란 말이야? 설마 압착기로 눌러 죽이는 건 아니겠지?

라고 생각하는 카이쇼 무사시였다.

아무튼 백호연은 과연 현중이 얼마나 강한지 전혀 모르고 있었지만 지금 단 한 번의 공격으로 자신도 모르게 자신의 배

를 한번 바라봤을 정도다.

도대체 내공의 위력이 얼마나 강하면 사람의 몸을 풍선 터뜨리듯 터뜨릴 수 있는지 말이다.

물론 백호연도 암경을 이용하면 정면을 공격해서 등을 터뜨리는 공격이 가능하긴 했다.

하지만 그건 피가 흘러나오는 정도지 현중처럼 상체를 완전히 터뜨려 흔적도 없이 없애 버리는 수준은 아닌 것이다.

"자, 그럼 기다리는 녀석들을 맞이하러 가볼까요?"

현중이 말하면서 기지의 커다란 문 앞으로 다가가더니 오른발을 들어 냅다 걷어찼다.

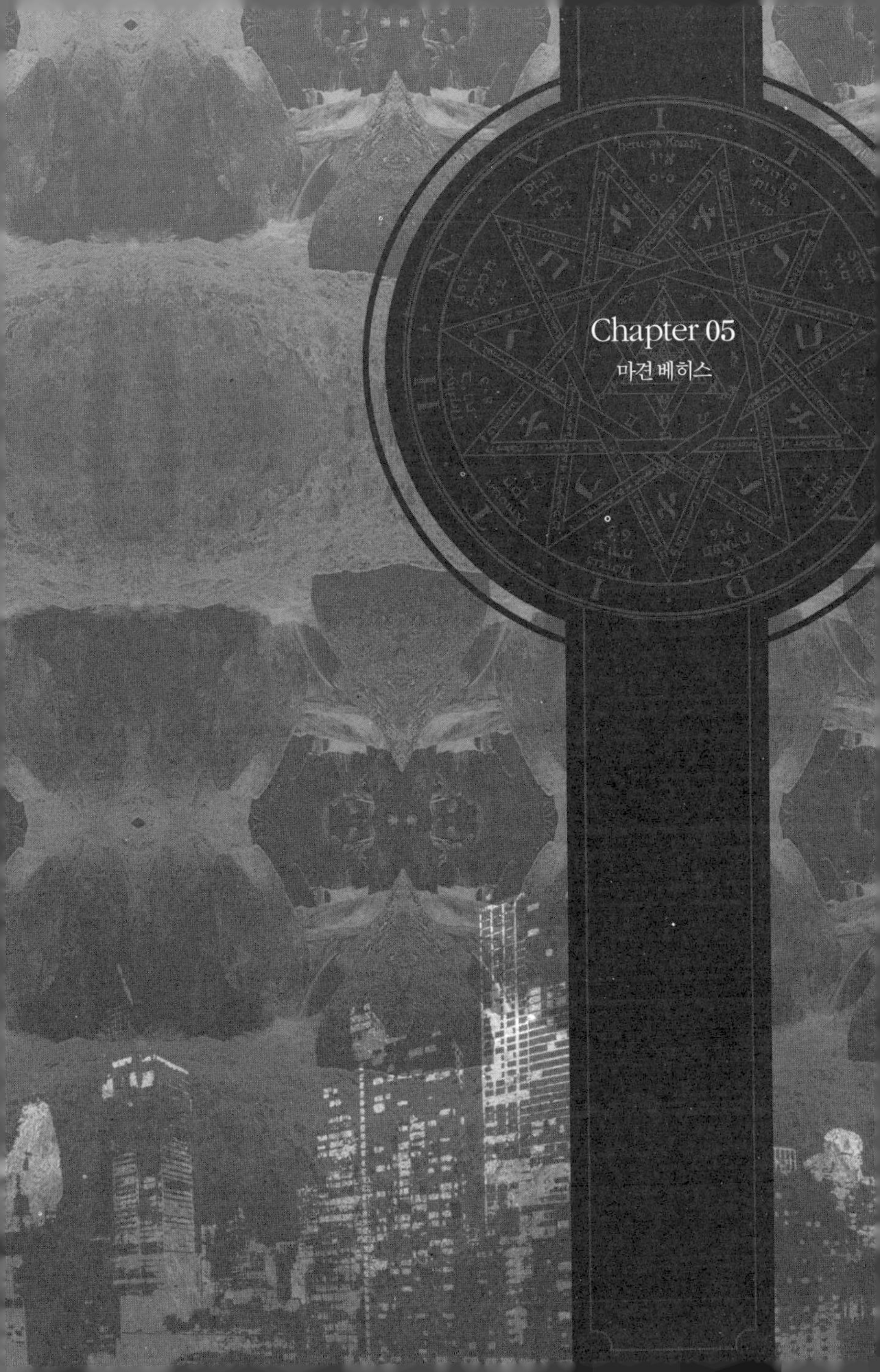
Chapter 05
마견 베히스

콰앙!!

쇠로 만들어진 커다란 철문이 마치 종잇장 찢어지듯 찢어지면서 터져 나가 버렸다.

그런 모습을 본 베이스퍼는 고개를 흔들었다

"전에는 그나마 괴물이었는데 이제는 상상조차 안 되는구만."

바로 뒤에서 본 베이스퍼는 현중이 마나를 사용한 혼적을 전혀 느끼지 못했다. 거기다 가볍게 발을 올려 철문을 걷어챘는데 그 위력은 마치 불도저가 철문에 정면으로 부딪친 것보다 더 위력이 강했으니 더 이상 무슨 말이 필요하겠는가.

"역시나… 함정이었군."

현중의 발길질에 날아가 버린 철문 너머로 보인 광경은 모두의 할 말을 잃게 만들었다.

쩌어억!!

쩌어어어억!

이미 마수로 변화가 끝난 녀석도 있었고 지금 마수로 변화하는 녀석도 있었다.

하지만 무엇보다 지금 현중 일행을 놀라게 하는 것은 그 숫자였다.

"이런, 어림잡아 500명은 되겠는데?"

베이스퍼가 다마스쿠스의 검을 고쳐 잡으면서 한마디 하자 백호연은 오히려 자신의 권갑을 강하게 부딪치면서,

쾅!

"까짓것, 열 마리든 100마리든 때려잡으면 되지."

이미 마족에게 당한 것은 한 번이면 족하다는 듯 다짐을 한 듯하지만 그것 이상으로 무언가 믿는 구석이 있어 보이는 백호연이었다.

마리아는 자신의 롱 소드를 뽑아 들긴 했지만 이미 자신의 검이 저 마수들에게 통하지 않을 것이라는 것을 알고 있는 듯 긴장한 표정이 역력했다.

"테른."

―네, 마스터.

그런 마리아를 본 현중은 조용히 테른을 불러 테른에게서 붉은 검신의 검과 새하얀 검신의 검 두 자루를 넘겨받았다.

그리고 그 두 자루의 검을 양손에 쥐고 하나로 합쳤다.

딸각.

마치 처음부터 하나의 검으로 만들어진 듯 두 자루의 롱 소드가 합쳐지자 길이는 롱 소드 길이인데 두께는 일반 롱 소드의 두 배에 달하는 조금 요상한 검이 되어버렸다.

하지만 그런 이상한 모습도 잠시뿐이었다.

흐물흐물.

합쳐진 두 자루의 검은 곧 살아 있는 듯 꿈틀거리기 시작하더니 모양이 변하기 시작했다.

길이는 더욱 길어지고 넓이는 거의 배틀액스에 버금갈 정도로 넓어졌다.

마치 2미터 이상의 길이를 가진 커다란 도끼날을 들고 있는 것 같은 모습을 변해 버린 현중의 검 때문에 다른 일행은 잠시나마 그것에 시선이 빼앗겼고, 그런 찰나의 순간 기지 안에 있던 모든 인간은 마수로의 변화가 끝나 버렸다.

크아아아아아아!!

현중 일행과 가장 가까이 있던 마수 한 마리가 크게 울부

짖자,

쿠워!! 쿠어!!

합창을 하듯 다른 마수들도 울부짖기 시작했다.

그런데 그 울음소리를 들은 베이스퍼는 인상을 찡그렸다.

자연적으로 마나가 활성화되면서 마수들의 울음소리에 섞여 있는 마기에 대항하긴 했지만 500마리 가까이 되는 숫자가 뿜어대는 울음소리에 섞인 마기는 상상 이상의 위력을 가지고 있었다.

그때 현중이 슬쩍 앞으로 나서더니,

훌쩍~

가볍게 땅을 박차고 뛰어올랐다.

마치 한 마리 새가 날아오르는 듯 너무나 가벼운 몸놀림으로 허공에 잠시 머문 현중의 몸이 가장 앞에서 울부짖는 마수를 향해 떨어졌다.

그와 동시에 들고 있던 무식하게 큰 검이 현중의 등 뒤로 넘어갔다.

현중이 검을 등 뒤로 힘껏 넘겨서 내려칠 자세를 취한 것이다.

그리고 현중의 몸이 허공에서 내려와 땅에 발이 닿는 순간,

부우웅~!!

공기를 찢는 듯한 엄청난 소리와 함께 현중의 손에서 검이

사라져 버렸다.

아니, 너무나 빠르게 휘두른 속도 때문에 검이 사라진 것처럼 보였을 뿐이다.

콰아아앙아!! 쾅!!

단 한 번의 내려찍기였다.

그리고 현중의 내려찍기가 끝난 다음에 보이는 것은 현중이 검을 내려찍은 지점을 중심으로 부채꼴 모양으로 마치 수백 개의 크레이모어가 터진 듯 초토화된 현장뿐이었다.

마수? 시체? 그 무엇도 남아 있지 않았다.

전방 100m 정도까지 완전 깨끗하게 사라졌다고 표현하는 게 맞을 것이다.

끼이익.

붕~ 붕~

현중은 땅속에 반 이상 박혀들어 간 검을 들어 올리면서 흔들어 남아 있는 흙을 털어내더니 양손으로 검을 다시 분리했다.

그러자 방금 전까지 있던 무식하게 큰 대검은 사라져 버리고 다시 붉은 검신을 가진 검과 새하얀 검신을 가진 평범한 롱 소드로 돌아왔다.

"테른."

현중은 별것 아니라는 듯 그대로 두 자루의 검을 공중으로

던지자 기다렸다는 듯 테른이 앞으로 나와서 너무나 자연스
럽게 두 자루의 검을 받아 자신의 품속에 갈무리했다.

"뭐해요?"

현중이 입구에 서서 멍하니 있는 다른 일행을 보면서 한마
디 하자 베이스퍼는 현중을 한번 쳐다보고는 한숨을 내쉬었
다.

"도대체 자넨… 인간인가, 아니면 신인가?"

내려찍기 한 번에 일행을 긴장시킨 마수 500마리가 사라져
버린 것이다.

그것도 깨끗하게 말이다.

당연히 이건 이미 인간의 수준을 넘어도 한참 넘어선 수준
이다.

마이스터에 오른 베이스퍼도 절대로 하지 못할 기술이고
파괴력이었다.

아니, 이건 크레이모어 수백 개를 터뜨려도 이런 장면이 연
출될까 의심할 정도다.

하지만 정작 그런 모습을 만들어낸 현중은 태연하게 웃으
면서,

"이제 시작인데 벌써 그러면 안 될 텐데요."

"이제 시작이라니, 이미 마수들은 감쪽같이 사라…… 헛!"

현중의 말에 베이스퍼가 한마디 하려다가 땅속에서 무언

가 튀어나오는 모습에 헛바람을 삼켰다.

"봐요. 제가 이제 시작이라고 했잖아요."

아주 낯익은 모습의 코끼리만 한 덩치를 가진 마수의 머리
가 보였다. 그 마수를 본 현중은 나직하게 중얼거렸다.

"오랜만이군, 마견 베히스."

크아아아아!!

코끼리 두세 마리 정도의 덩치를 가진 머리가 둘 달린 마견
베히스가 땅속에서 솟아오르며 하늘을 향해 크게 울부짖었
다.

그런데 그 순간 현중이 뛰어오르면서 베히스의 턱을 걸어
차 버렸다.

퍼걱!!

마치 커다란 쇠공이 가죽을 때리는 둔탁한 소리가 들리더
니,

들썩~

엄청난 크기의 마견 베히스가 허공으로 떠오르면서 그대
로 허공에서 한 바퀴 회전했다. 놈은 머리부터 땅으로 다시
떨어져 버렸다

콰앙!!

빠지직.

덩치가 덩치인 만큼 베히스의 떨어지는 충격파가 멀리 있

는 베이스퍼에게까지 느껴질 정도였고, 잠시나마 땅이 흔들렸다.

하지만 정작 현중은 가볍게 땅위에 다시 내려서면서,

"어지간히도 학습 능력이 없네. 싸우기 전에 그렇게 턱을 치켜들고 울부짖는 짓 하지 말라고 경고했건만."

그렇다.

대륙에서 이미 현중은 지금과 똑같은 상황에 똑같은 발차기로 마견 베히스의 턱을 시원하게 날려 버린 적이 있다.

그리고 너무나도 어이없는 마견 베이스의 행동에 충고랍시고 한마디 남겼었다.


"다시는 적을 앞에 두고 하늘을 향해 울부짖지 마라. 멍청하게 빈틈을 보여주는 적을 그냥 놔두는 법은 없으니까."


라고 말이다.

하지만 지구에 다시 나타난 마견 베히스는 그때와 똑같이 모습을 드러내자마자 하늘을 향해 자신의 위세를 포효하듯 우렁차게 울었고, 현중은 그런 마견 베히스의 아래턱을 똑같이 시원하게 차올려 주었다.

낑, 낑, 낑.

얼마나 세게 맞았는지 베히스의 두 개의 머리 중 현중이 차

버린 머리는 터져 버렸는지 흔적도 없이 사라졌다.

남아 있는 머리 하나는 떨어질 때 자신의 몸에 깔려서 목이 기형적으로 꺾여서 겨우 숨만 붙어 있었다.

부르르르르.

거기다 곧 죽어가는지 다리를 사시나무 떨 듯 심하게 떨기까지 했다.

"에휴, 뭐 이런 녀석을 불러내 놓고 함정이라고 파놓은 건지, 나 참."

뭔가 근사한 것을 기대했던 현중은 오히려 가장 멍청한 마족 중의 하나로 기억하고 있는 마견 베히스가 나타났으니 힘이 빠질 만도 했다.

하지만 그건 현중에게나 해당되는 것이고, 마견 베히스의 포효는 드래곤의 피어와 맞먹는 위력과 특성을 가지고 있었다.

베히스의 포효에 주변의 모든 생물체가 얼어붙어 버리고 약한 존재는 그 자리에서 절명하기도 했다.

그러니 당연히 베히스는 포효를 먼저 터뜨리는 것이 당연한 순서였다.

하지만 그게 현중에게는 오히려 멍청하게 자신의 약점 중의 하나인 아래턱을 떳떳하게 보여주는 짓으로밖에 보이지 않았다.

"설마 이게 끝인가?"

현중의 입장에서는 너무나 쉬운 상대였기에 주위를 두리 번거리며 혹시나 더 숨어 있는 녀석이 없는지 찾아봤지만 벌레 한 마리도 남아 있지 않았다.

"쩝, 별거 아니었네."

현중이 잠시 한숨을 쉬면서 가볍게 몸을 돌리자,

푸석.

마견 베이스가 죽어버렸는지 몸이 부서져 내리기 시작했다.

처음에는 하늘을 향해 뻗어 있던 다리가 부서져 내리더니 곧 꼬리와 몸이 천천히 부서져 내렸다.

커다란 마견 베히스의 몸이 완전히 가루가 되어 사라지는 데 걸린 시간은 불과 몇 초에 불과했다.

이로써 마견 베히스가 지상에 모습을 나타냈다는 흔적은 완전히 사라져 버린 것이다.


*　　　*　　　*


너무나 허무하게 필리핀에서의 일정이 끝나 버린 현중 일행은 다시 한국으로 돌아와 있었다. 그리고 마리아가 현재 머물고 있는 저택의 응접실에 모두 모여 있었다.

데이비드를 제외한 150명의 기사수련생은 모두 영국으로
돌려보냈다.

현중이 곧 다시 찾아갈 것이라고 하자 그들은 억지로 몸을
돌려야 했다.

그러나 데이비드만큼은 달랐다.

그는 곧 죽어도 현중 옆에 있겠다고 버텼다.

그의 고집을 꺾지 못한 마리아는 그래도 영국의 두 번째 마
스터이지 놔두자는 베이스퍼의 조언을 받아들여 그를 합류시
켰다.

하지만 이 무거운 분위기에 데이비드는 정작 찍소리도 못
하고 있었다.

지금 응접실에 모여 있는 사람들 개개인은 소위 말하는 초
인이었다.

아니, 초인들의 모임이니 초인군단이나 마찬가지다. 각자
자신의 국가에서는 무력만큼은 최고라고 자부하는 자들만 모
여 있으니 어련하겠는가.

그런데 그런 자부심은 지금 그들의 표정 어디에서도 찾아
볼 수 없었다.

압도적인 무력.

말로는 더 이상 설명이 안 되는 현중의 무력을 직접 경험한
베이스퍼와 마리아, 그리고 백호연과 카이쇼 무사시는 입을

다문 채 그 어떠한 말도 하지 않고 있었다.

유일하게 현중만 한가롭게 창밖에 풍경을 구경하면서 여유있게 마리아가 가져온 녹차를 음미하고 있었다.

"……."

거의 몇 시간 동안 이런 분위기가 계속되자 졸지에 억지로 남게 된 데이비드는 완전 가시방석에 앉아 있는 꼴이 되어버렸다.

마리아의 명령으로 기지 안에서 무슨 일이 일어났는지 전혀 알지 못하는 데이비드는 엄청난 포효와 함께 땅이 흔들리는 지진을 경험한 것이 전부였다.

그런데 지금 각국의 내로라하는 마스터들의 표정은 마치 지옥을 보고 온 듯하고 이 끝없이 이어질 것 같은 침묵 속에 가만히 앉아 있는 것도 미칠 지경이었다.

슬쩍 마리아에게 눈길을 보냈지만 뭔가 깊이 생각하는지 마리아는 탁자만 바라보고 있었고 다른 마스터들도 마찬가지였다.

어쩌다 마스터 중 최하위의 위치에 있게 된 데이비드는 자신이 마스터가 된 게 맞는지 지금 이 순간 솔직히 의심이 들 정도였다.

"크흠."

그때 몇 시간 동안의 침묵을 깨는 소리가 들렸고, 그 주인

공은 베이스퍼였다.

"현중 군."

베이스퍼가 나직하게 현중을 부르자 현중은 창밖을 바라보던 시선을 돌려 베이스퍼를 바라봤다.

"자넨 도대체 누군가?"

베이스퍼의 지금 이 질문은 데이비드를 제외한 모두가 묻고 싶은 질문일 것이다.

이 질문에는 많은 뜻이 담겨 있었다.

현중도 그걸 모를 리가 없었다.

"김현중입니다. 그 이상도 이하도 아닙니다."

"……."

현중의 너무나 허무한 대답에 베이스퍼는 잠시 입을 다물고 있다가 한숨을 쉬더니,

"솔직히 난 이번 상황이 도저히 납득이 가지 않네."

베이스퍼가 솔직히 자신의 속마음을 털어놓자 카이쇼 무사시도 기다렸다는 듯 말했다.

"그건 나도 마찬가지네."

카이쇼 무사시는 처음으로 마족을 봤고 첫 경험에 마견 베이스를 발차기 한 방에 때려잡는 현중의 무시무시한 능력까지 봤다.

이건 충격을 넘어서 혼이 우주 밖으로 날아갈 뻔했다.

그건 백호연도 마찬가지였다.

그냥 조금 강한 녀석으로 생각했던 현중이 이제 보니 자신들은 1,000명이 덤벼도 상대가 되지 않을 만큼 엄청난 강자, 아니, 괴물이라는 것을 알았으니 말이다.

이제 정말 모든 것을 듣고 싶어하는 베이스퍼와 일행의 눈빛은 현중에게 향했고, 현중은 잠시 가만히 그들을 바라보다가 마지막 남은 한 모금의 녹차를 입 안으로 털어 넣고는 자리에서 일어섰다.

"진실은 때론 잔인한 법입니다."

현중이 나직이 한마디 하자 베이스퍼는,

"때론 잔인하지만 알아야 할 것도 있는 법이네."

물러서지 않겠다는 듯 단호하게 말하자 현중은 슬쩍 창밖을 한번 바라보고는 흘러가듯 말했다.

"전 신(神)을 죽이려고 합니다."

"……!"

"……!"

"……!"

현중의 말에 다들 순간 무슨 말인지 알아듣지 못하는 듯하다가 뜻이 아니라 말 그대로 신을 죽이려고 한다는 의미에 황당한 표정으로 현중을 바라봤다.

"악신(惡神)도 신은 신이니까요."

"악신?"

뜻 모를 말을 하는 현중의 말에 다들 어리둥절해하는데 현중이 슬그머니 모두에게 다가와서는,

"그냥 개인적으로 악연이 좀 있는 신이 하나 있는데 그 녀석이 지구까지 와서 행패를 부리기에 때려잡으려고 합니다. 어때요? 간단하죠?"

지금 현중이 하는 말을 마족을 모르고 들었다면 웃으면서 농담도 잘한다고 칭찬할 것이다.

아니, 오히려 유머 센스가 좋다고 치켜세울 것이다.

하지만 마족을 보았고, 조금 전 엄청난 마족을 발차기 한 방으로 죽여 버린 현중이 하는 말은 결코 농담으로 들리지 않았다.

"간, 간단하군."

카이쇼 무사시는 왠지 억지로 납득하려는 듯 스스로에게 말을 하면서 소파 깊숙이 몸을 묻어버렸다. 백호연은 현중을 가만히 바라보다가,

"신을… 때려잡는다고? 신을 말이지? 크크크큭, 크크큭."

나직하게 웃더니 곧 한바탕 크게 웃었다.

"크하하하하하하하! 그래, 그거였군."

쾅!

파직!!

백호연이 기분에 취했는지 자신도 모르게 탁자를 힘껏 내
려쳤는데, 백호연은 그냥 가볍게 내려친 거였지만 흑단목으
로 만들어진 아주 비싼 탁자는 그날로 운명을 달리해 버렸다.
수리도 불가능할 만큼 박살이 나버린 것이다.

"이런……."

뒤늦게 자신의 실수를 깨달은 백호연이 슬쩍 마리아를 바
라보자 마리아는 한숨을 내쉬면서,

"정식으로 중국 정부에 청구할까요, 아니면 호연 아저씨가
새로 사주실래요?"

"쓰읍. 내가 구해 줄게. 창고에 100년 된 흑단목으로 만들
어진 이만한 크기의 탁자가 하나 있을 거야."

말로는 창고라고 했지만 아마 나름 아끼는 물건일 것이다.

그런데 이런 작은 소동에도 베이스퍼는 조용히 현중만 바
라보고 있더니 나직하게 입을 열었다.

"자네의 생각을 듣고 싶군. 우리는 현재 마족이라는 녀석
하나도 상대하기 벅찬 실력이네."

"……."

날카롭지만 현실을 정확하게 꿰뚫어 보는 베이스퍼의 말
에 잠깐의 소란스러운 분위기는 다시 찬물을 끼얹은 듯 조용
해졌다.

"그런데 자네는 우리에게 계속해서 마족의 존재를 보여주

고 알리는 이유가 뭔가? 물론 난 이제 와서 빠질 생각은 없네. 이미 너무 깊이 들어와 버렸거든.”

베이스퍼는 자신은 끝까지 함께할 테니 진정한 현중의 속뜻을 알고 싶다는 듯 말했다. 그러자 백호연도,

“나도 너무 많이 알아버렸어. 중국 정부에서도 마족의 존재를 공식적으로 인정했고, 모든 것을 나에게 일임했으니 난 싫어도 현중 자네를 따라다녀야 해.”

슬쩍 중국 정부의 명령으로 싫든 좋든 무조건 베이스퍼와 같이 현중을 따라가겠다고 말했다.

“나도 이제 와서 포기란 없다.”

카이쇼 무사시도 한참을 생각했지만 역시나 포기할 수 없었다. 그리고 압도적인 현중의 무력이 어디까지인지 그 끝도 보고 싶었다.

마치 마약처럼 현중의 강함에 카이쇼는 조금씩 중독되어가고 있는 것이다.

그리고 마리아가 조용히,

“전… 처음부터 현중 씨 편이니까 아시죠?”

슬쩍 입가에 미소를 지으면서 무조건 현중을 따라가겠다고 말하자 현중은 마리아를 향해 슬쩍 웃어주고는 입을 열었다.

“전 혼자입니다.”

한마디 하고는 몇 발자국 걸어 베이스퍼 옆으로 자리를 옮기고 나서 다시 입을 열었다.

"제가 아무리 강해도, 제 부하인 테른이 아무리 능력이 좋아도 개인이기에 한계가 생길 수밖에 없는 부분이 있습니다. 이건 강하고 약하고의 문제가 아니죠. 그런데 적은 단체로 움직이는 녀석들입니다. 치밀할 정도로 점조직으로 움직이고 있으며 사이언톨로지, 백련교 모두 같은 녀석들입니다."

말을 하다 말고 모두를 한번 바라보면서,

"이런 말이 있죠? 한 손이 열 손을 막지 못한다는 말."

현중이 조용히 그 말을 끝으로 입을 다물자 베이스퍼가 먼저 그 뜻을 알아차렸는지 현중을 슬쩍 보았다.

"한마디로 자네가 싸울 수 있게 주변의 녀석들을 우리가 막아줬으면 한다는 거군."

씨익~

현중은 말보다 웃는 걸로 대답을 대신했다.

그러자 베이스퍼의 말을 들은 백호연이 너털웃음을 지으면서,

"뭐, 총알받이가 되어달라 이건가?"

직설적으로 말하자 현중은 백호연을 보면서,

"네, 그렇습니다."

"허참, 솔직해서 좋구만."

백호연은 현중의 솔직한 대답에 투덜거리듯 말했지만 싫지는 않았다.

"난 총알받이라도 좋다. 강함의 끝이 뭔지 볼 수 있다면."

카이쇼 무사시도 현중의 솔직한 말에 자신의 생각을 전하자 베이스퍼도 웃으면서,

"뭐 실력이 되면 뒤따라오고 안 되면 총알받이 하면 되는 것 아니겠는가? 그렇지 않는가, 모두들?"

냉정하게도 정확한 핵심이기도 했다.

이런 괴물 같은 현중이 상대해야 하는 적은 신이라고 했다.

물론 신인지 어떤지는 모르지만 현재 모습을 드러내고 있는 마족들의 숫자나 모습을 보면 절대로 일반적으로 생각하는 신보다 약해 보이진 않았다.

어쩌면 정말 마왕이라도 나타나서 세계 정복을 한다고 하는 걸지도 몰랐다.

즉, 현재 자신들은 현중에게 속아서 총알받이가 되는 게 아니었다.

자신들의 실력이 모자라기에 총알받이가 되는 것이다. 그리고 현재 이런 사실을 아는 사람은 이곳에 있는 사람이 전부였다.

하지만 검을 들고 평생 강함을 좇아온 이들에게 현중의 싸움은 뿌리칠 수 없는 유혹이기도 했다.

　'강하다는 게 뭘까? 정말 강한 것은 끝이 있을까?' 라고 질문한다면 현재 이곳의 그 누구도 시원스럽게 대답하지 못할 것이다.

　하지만 단 한 명,

　현중만큼은 대답할 수 있을지도 모른다고 생각했다. 그리고 그런 생각이 카이쇼 무사시를 이끌었고, 백호연의 마음을 움직였으며, 베이스퍼의 생각을 바로잡고 있다.

　오로지 현중이 강하기 때문이다. 다른 이유는 없었다. 무도가에게 복잡하게 이윤을 따지고 자시고 할 것도 없었다.

　"허허헛. 자네 뒤를 따라가기 위해서라도 최소한 마족 한두 마리 정도는 가볍게 처리할 실력을 키워야겠군."

　베이스퍼가 반 농담 반 진담 식으로 한마디 하자 백호연은 웃으면서,

　"차라리 중국 정부에게 핵탄두 하나 빌려달라고 할까?"

　하고 베이스퍼의 농담을 이어받았다. 그러자 마리아가 웃더니,

　"차라리 조금 전의 현중 씨의 검을 빌려달라고 하세요."

　"……."

　마리아는 그냥 농담으로 한 말이었는데 일순간 다시 조용해지면서 모두의 시선이 현중에게 모였다.

　"보여줄 수 없겠나?"

베이스퍼가 말하자 현중은 가볍게 고개를 끄덕이더니,

"어려울 거 없죠."

현중이 조용히 손을 내밀자 현중의 그림자에서 테른이 다시 나타나더니 붉은 검신의 검과 새하얀 검신의 검 두 자루를 건네고는 다시 사라졌다.

이제는 이런 테른의 움직임이 그러려니 하는 사람들이라 관심을 끌지 못했고, 오히려 현중의 검이 모두의 시선을 사로잡았다.

특히 붉은 검신의 검은 이미 마리아와 베이스퍼가 한 번씩 써봤으니 그 둘은 더했다.

"이 검은 본래 지구의 것이 아닙니다."

"그럼?"

현중의 설명에 백호연이 묻자,

"더 이상은 설명할 수 없습니다. 개인적인 사정 때문에. 아무튼 이건 선물로 받은 겁니다. 마족을 뿌리까지 뽑아서 다 죽여 달라는 부탁과 함께 말이죠."

그리고 현중이 필리핀에서 보여준 것처럼 두 자루의 검을 하나로 합치자,

딸각!

하는 소리와 함께 일반적인 롱 소드 두 개를 붙여놓은 듯한 모습이 되었다.

하지만 그것은 잠시뿐이었고 곧 검이 살아 있는 듯 꿈틀거리기 시작하는데, 두 자루의 붉은색과 새하얀 색의 검날이 서로 꽈배기처럼 꼬여 나선형으로 검날을 만들고 검의 손잡이도 하나로 합쳐졌다.

붉은색과 새하얀 색의 사탕을 서로 꼬아놓은 것처럼 검의 날이 변하다가 갑자기,

촤락!!

꼬여 있던 검날이 바깥쪽으로 매섭게 튀어나오면서 거의 예술 작품을 보는 듯한 특이한 검으로 변했다.

그런데 필리핀에서 본 무식하게 커다란 대검이 아니라 롱소드보다 조금 더 긴 길이에, 꽈배기 같은 두 자루의 검날이 꼬여 있는 특이한 모습이었다.

얼핏 전체적인 모습은 뱀의 모양을 본 따 만든 사모검과 비슷하지만 꽈배기처럼 꼬인 칼날 때문에 칼날 부분이 확연하게 사모검과는 달라 보였다.

"모양이 다르군."

베이스퍼가 묻자 현중은,

"이건 제가 원하는 대로 몇 가지 변형이 가능합니다. 아까 전의 대검 형태는 잔챙이들을 한꺼번에 처리할 때 자주 사용하는 형태이고 지금 이건……."

현중은 검을 펜싱 할 때의 기본자세처럼 가볍게 눕혀 잡

더니,

휙!

그냥 짧은 찌르기를 한번 했다.

그런데 현중의 찌르기가 끝나자,

휘리릭~ 휘리릭~

현중이 찌르기를 했던 허공에 회오리가 생기더니 그대로 벽을 향해 돌진했고,

쿵!

하는 소리와 함께 벽이 살짝 흔들릴 만큼 충격이 모두에게 느껴졌다.

그런데 그런 충격은 오히려 지금 그들 눈에 보이는 것에 비하면 애들 장난이었다.

벽에 구멍이 뚫린 것이다. 그것도 어른 주먹만 한 크기의 구멍이 깨끗하게 뚫려 있었다.

"이건 힘을 집중해서 공격할 때 사용하는 형태입니다."

"말도 안 돼."

가벼운 찌르기로 2미터 밖에 있는 벽에 구멍을 뚫다니 상상을 초월하는 위력을 가진 검이었다.

"그리고 이 검은 마족을 상대로 가장 강한 위력을 발휘하도록 만들어진 검이기도 합니다."

현중의 이 말은 모두의 시선을 끌어당기기에 충분했다.

대 마족용 무기라는 것이다. 이들이 직접 상대해 본 마족은 엑소시스트에나 나오는 악마나 옛날이야기에 나오는 드라큘라처럼 십자가나 마늘 등으로 처리하는 웃기지도 않는 것이 아니었다.

총알도 가볍게 통과해 버리는 특이한 몸과 마스터 정도는 가볍게 가지고 놀 만큼 강한 능력을 가진 최악의 적인 것이다.

상황이 이러니 모두의 시선이 현중의 손에 들린 검에 집중되는 것은 당연했다. 이미 검 자체만으로도 명검이었으니 말이다.

"갖고 싶으시죠?"

현중이 나직하게 말하자 마치 약속이나 한 듯 베이스퍼부터 데이비드까지 기계적으로 고개를 세차게 아래위로 흔들었다.

"뭐 방법이 없는 건 아닌데……."

"……!!"

현중이 슬쩍 흘리듯 말을 했지만 일부러 모두가 들을 수 있게 약간 크게 이야기했다.

그러자 동물적으로 전원이 벌떡 일어서면서,

"필요한 게 뭔가?"

"어떻게 해야 하는가?"

"준비할 게 있는가?"

현중을 잡아먹을 듯 몰려들었다. 그런 그들의 모습에 현중은 손바닥을 앞으로 내밀면서,

"스톱. 누가 보면 뺏으러 오는 줄 알겠어요."

"아……."

현중의 말에 자신들이 너무 흥분했다는 것을 깨달은 베이스퍼가 가장 먼저,

"험험험."

헛기침을 하면서 다시 자리에 앉았지만 이미 이미지는 살짝 구겨진 상태였다.

백호연도 베이스퍼가 앉자 슬쩍 자리에 앉았다. 그리고 카이쇼는 조용히 처음에 앉아 있던 곳보다 현중과 가까운 곳으로 자리를 옮겨 앉았다.

"저와 함께하신다니 당연히 저도 도움을 드려야겠죠. 저의 싸움에 여러분이 도움을 주시니까요."

"뭐… 굳이 바란 건 아니지만 말이야."

베이스퍼는 이미 한참 늦은 뒤에 슬쩍 팅겼지만,

"그럼 베이스퍼님은 뺄까요?"

"헛! 그게 무슨 말인가?"

현중의 장난스런 한마디에 단번에 본심이 드러나 버렸다.

때론 그놈의 체면과 자존심 때문에 손해 보는 일이 있다.

그게 자신의 운명을 좌우하는 일이 될지라도 말이다.

"다른 건 다 어떻게 되는데 단 한 가지 꼭 필요한 게 있습니다."

현중이 슬쩍 모두가 들을 수 있게 얼굴을 가까이 대고는,

"월석이 필요합니다."

"월석?"

월석이라는 말에 다들 '그게 왜?' 라는 표정이다. 월석이라면 달에서 가져온 돌을 말하는 것이다.

뜬금없이 월석을 가져다 달라니 이상할 뿐이다. 하지만 현중은 이미 이런 사태도 생각했는지 설명을 이었다.

"월석이 필요한 이유는 바로 달과 마족이 살던 마계가 같은 환경이기 때문입니다. 한마디로 마계에서 생겨난 것과 똑같은 월석으로 타격을 준다는 말이죠."

"……."

현중의 말에 다들 이걸 믿어야 하나 말아야 하나 고민하는 표정이 역력했다.

하지만 이제 와서 거짓말하지 말라고 현중에게 핀잔을 주자니 마족을 상대하는 무기를 만들어주지 않는다면 자신만 손해다.

그렇다고 냉큼 현중의 말을 믿고 동조하자니 이상하게 자존심이 상하는 것도 있고, 다들 서로 눈치만 보고 있는

와중에,

"월석이 얼마나 필요한가요, 현중 씨?"

마리아가 일체의 의심도 없이 현중을 바라보면서 물었다.

"각자 한 자루의 검을 만드는 데 어린아이 주먹만 한 크기의 월석이 필요합니다."

"그래요? 그럼 전 데이비드 것도 준비해야 하니 두 개를 준비할게요."

마리아의 눈동자는 흔들림이 없었다. 데이비드는 마리아가 자신의 몫까지 챙겨주자 은근히 고마웠다.

"험험. 그럼 나도 준비해야겠군."

"나도 그럼."

"나도."

마리아가 총대 메고 먼저 말하자 다들 슬쩍 마리아에 묻어가듯 대답하고는 자리에서 일어서더니,

"월석을 빨리 구해줄수록 대 마족용 무기를 빨리 만들 수 있는 거겠지?"

베이스퍼가 물어보자 현중은 고개를 끄덕이면서,

"그리고 월석과 함께 자신이 사용하던 무기도 함께 주셔야 합니다. 그래야 똑같이 만들 수 있으니까요."

"아, 그렇군. 그건 걱정 말게."

그렇게 모였던 마스터들은 각자 월석을 구하러 곧장 흩어

져 버렸다.

그런데 모두가 떠나가고 난 뒤 덩그러니 남아 있던 데이비
드는 뭔가 할 말이 있는 듯 우물쭈물하는 모습이었는데,

"뭐지?"

현중이 데이비드가 남아 있자 이상해서 물어보자,

"저기 현중님."

"말해봐."

"제게 맞는 무기는 뭘까요?"

Chapter 06
너 마법사였냐?

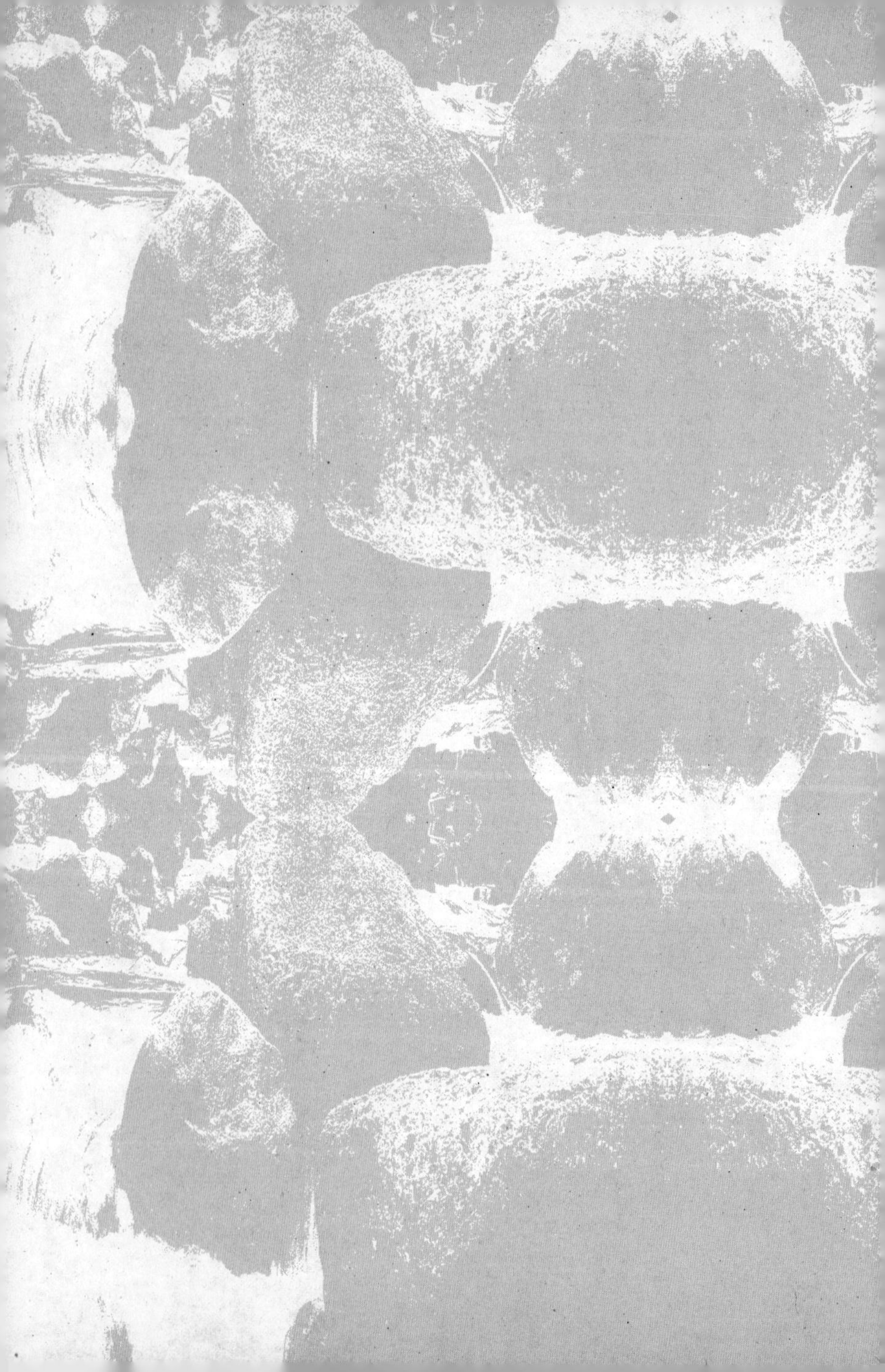

"······?"

갑자기 데이비드의 엉뚱한 질문에 현중이 오히려 이해가 가지 않는다는 표정으로 물어보자,

"그게… 총부터 롱 소드까지 모두 사용해 봤지만… 이거다 싶은 무기를 찾지 못했습니다."

"무기를 못 찾아?"

현중은 의외로 엉뚱한 데이비드의 질문에 잠시 황당했지만 오히려 그만큼 심각하게 생각했다.

마스터는 각자 한 가지 무기에 정점을 찍거나 깨달음을 얻

으면서 올라가는 경지다.

즉, 마스터가 된다는 것은 자신에게 가장 잘 맞고 편안한 무기가 무조건 있다는 이야기가 되는데 데이비드는 마스터가 되긴 했지만 자신의 전용 무기가 없다는 이상한 상황이 벌어진 것이다.

"흠……."

이 문제만큼은 현중도 어떻게 해줄 수 없었다. 그리고 왜 데이비드가 마스터가 되긴 했지만 이상하게 천덕꾸러기 취급을 받는지 알 수 있었다.

한마디로 반쪽자리 마스터인 것이다.

특수부대를 나온 데이비드는 당연히 총기류 사용에 특화되어 있었다.

하지만 그건 화약 무기로 아무리 총을 잘 쏴도 마스터가 되진 못한다. 총알이 떨어지면 그걸로 땡이니 말이다.

그런데 현중도 이건 전혀 예상치 못한 문제였는지 진지하게 데이비드의 고민을 생각했다. 어느 정도 자신이 자극을 주었기에 약간의 책임도 있다.

마스터이긴 한데 마스터가 아닌 이상한 모습이 되어버린 데이비드는 오히려 마스터가 되기 전보다 더 가슴 깊은 곳에서 혼란이 오고 있을지도 몰랐다.

지금이야 막연히 강해져야 한다는 목표가 있으니 괜찮지

만 그 불안이 언제고 터질지 모르는 일이다.

그리고 마스터에 오른 존재가 미쳐 버리면 그건 재앙이었
다.

"데이비드."

"네, 현중님."

"마스터에 오를 때의 느낌을 생각해 봐. 뭔가 특이하다거
나 색다른 것 없었어? 혹시나 떠오른 무기나 그런 것도."

"……."

현중의 진지한 질문에 데이비드는 곰곰이 생각해 봤지만
없었다.

"그게… 없습니다. 정말 뭐 하나, 하다못해 새총이라도 하
나 떠올랐다면… 새총으로라도 마스터가 되겠는데… 아무것
도 떠오른 게 없습니다."

"그럼 그때의 느낌을 말해봐."

상황이 이렇게 되니 결국 데이비드가 마스터에 오를 때 느
낀 감각을 들어야 했다.

솔직히 이건 말로 표현이 잘 안 되는 거지만 조금이라도 참
고하기 위해 어쩔 수 없는 선택이었다.

"그게… 따뜻했습니다. 온몸을 휘감는 포스의 따뜻한 기운
이 제 몸을 헤집고 다니다가 무언가 자리 잡는 듯하더니 저의
생각대로 포스가 움직여 주더군요. 마치 따뜻한 어머니의 품

에 안겨 있는 듯한 느낌이었습니다.”

“……!!”

현중은 데이비드의 느낌을 듣고는 불현듯 뭔가 떠올랐다.

하지만 현중의 상식으로 지구에서만큼은 불가능하다고 생각했던 것인데, 그게 데이비드에게 일어난 듯하다.

“데이비드.”

“네, 현중님.”

“내 말 잘 들어. 지금부터 내가 설명하는 대로 이미지를 만들어서 강하게 염원해 봐. 마치 소원을 빌 듯이 말이야.”

“네? 네, 알겠습니다.”

“지금부터 데이비드 넌 네 자신이 알고 있던 과학적인 것은 모두 잊어버려라. 그리고 오직 지금 저 탁자 위에 주먹만한 불공이 있다고 상상해 봐. 아주 뜨겁고 뜨거워서 그 색이 진홍빛으로 보이는 불공을 말이야.”

“…불공이요?”

데이비드는 현중의 설명에 어리둥절해하면서도 진지한 모습에 우선 시키는 대로 생각을 집중했다.

하지만 그게 쉽게 될 리가 없었다.

“눈을 감아도 돼. 오히려 눈을 감는 게 집중하는 데 도움이 될지도 몰라.”

“네!”

두 눈을 꼬옥 감은 데이비드는 마치 기도문을 외우듯 진홍 빛의 시뻘건 불공이 있다고 중얼거리면서 집중하기 시작했다.

"진홍빛 불공… 진홍빛 불공… 진홍빛 불공……."

수십 번을 넘어 수백 번을 넘게 중얼거리자 데이비드 자신도 모르게 마나가 움직이기 시작했다.

데이비드의 단전에 모여 있던 마나가 마치 정해진 길을 따라 움직이는 듯 온몸을 휘감더니 데이비드의 손끝에 모여들기 시작했다.

그리고 조금씩 모여든 마나가 밖으로 표출이 되는지 데이비드의 손가락 끝이 푸른빛으로 반짝이기 시작했다.

그때,

화르르륵!!

갑작스럽게 진홍색의 붉은 불꽃이 순간 퍽 하고 피어올랐다가 사라져 버렸다.

"……."

너무 놀라서 데이비드가 눈을 떴는데, 불꽃이 생기자 당황해서 집중력이 흩어진 것이다.

하지만 지금의 이 모습으로 인해 현중은 황당한 표정으로 데이비드를 바라봤다.

절대로 지구에서는 있을 없는 직업 중 하나라고 생각했던 것이 데이비드에게서 나타난 것이다.

마나를 다루면서 자연의 역행을 조율하며, 세상의 마나를 친구라고 부르는 직업, 바로 마법사였다.

"크크큭, 데이비드 축하한다."

"네?"

아직도 데이비드는 지금 불꽃이 왜 생겼는지, 그리고 현중이 왜 자신을 보고 축하한다고 하는지 전혀 모르고 있었다.

"데이비드, 넌 마스터가 아니었어."

"네? 네에? 마스터가 아니라니 그게 무슨 말입니까?"

현중의 말에 데이비드는 순간 하늘이 무너지는 느낌이었다. 그토록 꿈에도 바라던 마스터가 되었다. 그런데 마스터가 아니라니? 머릿속이 뒤죽박죽이 되는 느낌이다.

"아니, 오히려 마스터보다 더 귀중한 존재가 되었구나."

"…그게 무슨 말입니까?"

"세상의 마나를 친구로 사귀는 법을 아는 유일한 존재, 마법사가 된 것을 축하한다."

"……"

현중의 말에 데이비드는 순간 멍하니 현중을 바라봤다.

"왜? 믿지 못하겠어?"

"……"

말이 없었다. 마법사라는 현중의 말이 데이비드의 머릿속에 맴돌 뿐이다.

"방금 전에 불꽃을 만들어냈잖아."

현중의 말에 천천히 시선을 돌려 방금 자신이 불꽃을 일으켰던 허공을 바라보았다.

그리고 이번에는 현중이 시키지도 않았는데 조금 전처럼 다시 중얼거리기 시작했다.

그러자 데이비드의 단전에 모여 있던 마나가 혈류를 따라 움직여 데이비드의 손끝으로 모여들었고, 이미 한번 지났던 길이라 그런지 처음과 비교도 안 될 만큼 빠르게 모여든 마나는,

화르르르륵!!

또다시 허공에 진홍빛의 불꽃을 만들어냈다.

얼마나 뜨거운지 그 열기가 얼굴을 따끔거리게 할 만큼 강렬한 불꽃을 말이다.

"어때?"

현중은 데이비드가 마법사의 자질에 눈을 뜬 것이 오히려 더 놀라웠다. 지구의 마나 분포도와 마나의 배타성을 생각하면 절대로 마법사만큼은 탄생하지 않을 것이라고 생각했는데 말이다.

그리고 데이비드가 마스터가 되고 나서도 왜 전혀 변화가

없고 뭔가 특이한 것이 없었는지 이해가 되었다.

지구의 특성상 마법사의 자질에 눈을 뜬다고 해도 대륙에서처럼 대기의 마나를 끌어와 마법을 사용할 수 없었다.

아니, 사용할 수 있다고 해도 그 위력이 극히 미비할 것이다.

그러나 마나란 본래 순리대로 흐를 때도 있지만 역행을 하는 때도 있다. 한마디로 변덕이 죽 끓듯 하는 게 마나였다.

데이비드가 그때 마나를 느끼면서 마법사로서 재능에 눈을 떴지만 그곳은 치우천왕이 만든 아공간이었다. 한마디로 데이비드가 본래 태어날 때부터 가지고 있던 마나와 조금 다른 것이다.

그러다 보니 새로운 마나가 데이비드의 몸속으로 침투해서 본래 데이비드가 가지고 있던 마나를 변화시켰다.

그런데 그 과정에서 어찌 된 것인지 모르지만 단전이 만들어졌고 그곳에 마나가 모여들기 시작한 것이다.

얼핏 보면 마스터가 탄생되는 과정과 거의 흡사했다.

그렇기에 데이비드 본인도 자신이 마스터가 되었다고 착각한 것이다.

단전에 자리 잡은 마나는 자연스럽게 데이비드의 몸과 동화되었고, 마치 몸의 일부분이 되어버렸다.

　그리고 데이비드가 원하면 어느 정도 도움을 주긴 했다. 하지만 그건 어디까지나 도움일 뿐이었다.

　그런데 그 도움이 마스터의 증거인 오러 블레이드까지 만들어낸 것이다. 한마디로 깨달음으로 만들어낸 오러 블레이드가 아니라 데이비드의 단전에 머물고 있는 마나가 데이비드가 원하는 모습을 보여준 것에 불과했다.

　얼마 전에 필리핀에서 마리아가 데이비드에게 했던 독설 그대로 껍데기만 마스터인 것이 맞았던 것이다.

　"이게… 마법이군요."

　데이비드는 마스터와 전혀 다른 재능에 눈을 뜨자 스스로도 믿지 못하는 듯 자신의 두 손을 멍하니 바라보기만 했다.

　그 모습을 바라본 현중은 지금 데이비드의 정신을 바로잡지 않으면 나중에 무슨 사고가 생길지 모른다는 생각에,

　"데이비드!"

　"…넷!"

　거의 반사적으로 대답한 데이비드는 현중을 바라봤다.

　"명심해라. 지금 너의 이 마법의 힘은 쓰기에 따라 수천 명을 살릴 수도 있지만, 수천 명을 한순간에 잿더미로 만들 수도 있다."

　"…네, 명심하겠습니다."

방금 그 불꽃만 해도 사람의 머리 위에서 만든다고 생각하자 순간 자신도 모르게 소름이 끼쳤다.

"그리고 이걸 명심해라. 마법으로 너의 힘을 과시하거나 과용하는 순간!"

"……."

"내가 너의 목숨을 거두기 위해 찾아갈 것이다."

꿀꺽.

지금 그 말은 절대로 농담이 아니라는 것을 깨달은 데이비드였다. 현중이라면 충분히 그러고도 남는다.

"우선 너에게 몇 가지 명심해야 할 것을 알려주겠다. 이건 마법사들이 죽을 때까지 지켜야 하는 규칙 중 하나다. 알겠지?"

"네!"

"첫째, 절대로 흥분하지 말 것. 마법사는 그 어떠한 상황에도 침착해야 한다. 설사 부모가 너의 눈앞에서 죽어가더라도, 너의 눈에서 눈물이 흐르더라도 냉정함을 잃어서는 안 된다. 네가 냉정함을 잃는 순간, 너에게 마법을 힘을 부여해 준 마나가 폭주할 것이다."

꿀꺽.

지금 현중이 당부하는 것은 절대로 잊어서는 안 되는 것이기에 데이비드는 몇 번이고 속으로 되뇌고 있었다.

"둘째, 함부로 마법을 사용하지 마라. 마법은 만능이 아니다. 그렇다고 무한도 아니다. 너의 단전에 있는 마나가 소모되면서 마법이 발현되는 것이다. 즉, 무작정 사용하다가는 마나 고갈로 넌 죽는다. 계획적이고 규칙을 정해서 마법을 사용해라."

"네, 명심하겠습니다."

"셋째, 명상을 하면서 집중력을 키워라. 마법은 집중력의 싸움이다. 데이비드 네가 얼마나 집중력이 강하고 오래 유지하느냐에 따라 지금의 불꽃이 화산 폭발과 맞먹는 위력을 발휘할 수도 있다."

"…넷!"

"이렇게 세 가지만 명심하면 된다. 그리고……."

현중이 손을 뒤로 내밀자 테른이 슬쩍 나타나더니 한 권의 책을 올려놓았다.

"이곳에 기본적인 마법 이론이 적혀 있다. 물론 넌 해석 불가능한 글자로 만들어져 있지. 하지만 글을 읽는 게 아니라 이 책에 그려져 있는 그림을 보고 만들어낼 수 있는 기본적인 마법을 찾아내라. 이건 그 누구도 해줄 수 없는 것이다. 난 마법사가 아니다. 그러니 나의 도움은 여기까지다."

"감사합니다."

데이비드는 책을 받아 들고는 가슴에 꼬옥 안았다.

"명심해라. 지구상에 현존하는 마법사는 데이비드 네가 유일하다. 그리고 앞으로도 아마 데이비드 네가 마지막일 가능성이 높다."

"알겠습니다."

"외롭고 힘들 것이다."

현중은 정말 순수하게 진심으로 하는 말이었다.

대륙에 사는 수많은 마법사들도 외롭고 힘들었다. 동료 마법사가 있는데도 그렇게 외롭고 힘들었다.

그런데 지구에 유일하게 탄생한 마법사인 데이비드는 그보다 몇 배나 외롭고 힘들 것이다. 그만큼 마법의 길은 끝이 없고 한계가 없다.

거기다 길을 안내해 줄 스승조차 없다.

물론 현중이 마법 이론을 어느 정도는 알고 있지만 그건 일반적인 대륙의 마나 배열 등을 공부하는 학문적인 마법이었다.

데이비드처럼 자신의 단전의 마나를 끄집어내서 그걸 촉매로 하여 마법을 발현하는 전혀 새로운 방식의 마법사에게는 오히려 혼돈만 일으킬 뿐이다.

"그럼 이만 물러나겠습니다."

데이비드가 일어나 나가려는데,

"데이비드."

“네.”

“이겨내라. 그럼 넌 그 누구보다 높은 곳에 서 있는 자신을 볼 수 있을 테니.”

현중의 마지막 말에 데이비드는 고개를 끄덕이고는 나갔다.

그렇게 데이비드까지 나가자 현중은 한숨을 쉬면서 소파에 털썩 앉았다.

“나 참, 설마 그때 그게 마법사로서 재능을 눈뜨는 거였다니…….”

현중이 꿈에도 생각지 못한 상황이 벌어진 것이다. 그저 호기심에 데이비드를 자극했고, 마나를 이용해서 데이비드를 건드려 보았다.

그런데 그게 지금에 와서는 지구 최초일지는 잘 모르겠지만 현중이 아는 한 유일한 마법사를 탄생시키고 말았다.

그것도 자신의 단전에서 마법을 뽑아내서 촉매로 사용하는 특이한 방법이다.

대륙에서 알고 있는 마법 공식이나 술식은 모조리 소용이 없는 완전 다른 방식의 마법사다.

—마스터, 차라리 제가 마법을 가르칠까요?

테른이 데이비드에게 관심이 있는지 슬쩍 물어보자 현중은 고개를 흔들면서,

"아직은 아니야. 지금 막 눈을 뜬 녀석은 처음이 중요해. 자신의 마법에 대한 자신만의 확고한 믿음과 절대로 무너지지 않는 신념을 만들고 난 다음에 가르쳐도 충분하거든."

─알겠습니다.

"아, 힘들다. 뭐가 1년 만에 와도 크게 변한 게 없냐."

현중은 푸념 비슷하게 말했다. 그런데 그런 푸념을 듣던 테른이 슬쩍 입을 열었다.

─그런데 마스터.

"응?"

─마스터께서는 마계를 다녀오신 적이 있으십니까?

"나? 아니. 없는데 왜?"

─그런데 어떻게 마계와 이곳 지구의 달이 똑같은 곳이라는 것을 확신하십니까?

테른은 그게 좀 궁금했다. 현중은 대륙에서 차원을 넘어온 마족만 처리했지 마계로 간 적은 단 한 번도 없다. 그건 줄곧 같이 있는 테른이 잘 알고 있다. 하지만 테른을 만나기 전에 현중이 어땠는지 모르기에 물어본 것이다.

하지만 대답은 예상대로다.

그런데 현중은 그런 테른의 대답에 오히려 피식 웃으면서,

"아니라도 상관없어."

─네? 상관없다니 그게 무슨 말씀이십니까?

"그냥 사기 친 거야."

─…마스터.

테른은 순간 할 말을 잃었다.

각 나라의 마스터를 상대로 구하기도 힘든 월석을 구해오라고 시키더니 그게 사실은 사기, 아니, 거짓말을 한 것이었다니 말이다.

"뭘 그리 놀래? 어차피 저들이 가져오는 무기에 나의 천기(天氣)의 성격을 띠는 마나를 부여해서 일정기간 동안 마족을 처리하는 무기로 만들 건데, 뭐. 그러니까 완전히 사기는 아니지. 안 그래?"

─차라리 그냥 만들어준다고 하시면…….

"에이, 그래도 각 나라를 대표하는 마스터들인데 공짜는 좀 그렇잖아. 기브 앤 테이크 몰라? 받을 건 받고 줄 건 줘야지. 그보다……."

현중은 말을 하다가 갑자기 생각에 잠겼다.

"테른."

─네, 마스터.

"마법 지팡이로 쓸 만한 것이 뭐가 있지?"

─마법 지팡이라면 마나의 유통이 쉽고 대기의 마나를 쉽게 받아들이는 성질의 재질을 가진 나무가 있어야 하지만…

제가 현재 알고 있는 정보로는 지구에는 없습니다.

"그래? 나 참, 마법 지팡이만큼은 나도 뭔가 방법이 없는데……."

그렇다. 현중은 마법을 사용할 수 없는 몸을 가지고 있기에 마법사로 재능에 눈을 뜬 데이비드에게 만들어줄 마법 지팡이만큼은 뭔가 뾰족한 방법이 없는 것이다.

—마스터.

"응?"

—그게… 가능성이 그나마 가장 높은 것이 하나 있긴 합니다.

"그래?"

테른의 말에 현중이 반색하면서 묻자 테른은 슬쩍,

—그냥 확률적으로 말씀드립니다. 번개 맞은 대추나무라면 그나마 가장 가망성이 높은 편입니다.

"뭐? 번개 맞은 대추나무?"

—네.

"뭐야? 그거 인터넷에서도 금방 구할 수 있잖아."

도장이 보편화되어 있는 이곳 대한민국에는 번개 맞은 대추나무로 도장을 만드는 것이 옛날부터 있어왔다. 그렇기에 현중은 별것 아니라는 듯 말했지만,

—마스터.

"왜? 그냥 인터넷에 주문하면 되지."

—그게 아니라 정말 번개 맞은 대추나무여야 합니다.

"그러니까, 인터넷에서 팔……. 잠깐. 설마 인터넷에 파는 거 그거 짝퉁이냐?"

—짝퉁이라기보다는 인공적으로 전기를 흘려 대추나무를 그슬리는 겁니다. 그러니 완전 짝퉁이라고 하기도 좀 그런, 애매한 겁니다.

"뭐야? 그럼 같은 거잖아. 전기 충격을 주는 건 자연적인 번개나 인공적인 번개나 똑같잖아."

현중은 오히려 상관없다는 식으로 말했지만 테른은 절대로 안 된다고 버티기 시작했다.

—인공적인 번개는 대추나무의 겉만 그슬릴 뿐입니다. 하지만 자연적인 번개는 대추나무의 조직까지 스며들게 됩니다. 그렇기에 보기에는 비슷해 보이지만 본질적으로 보면 완전히 다르다고 할 수 있습니다. 현재 이곳 지구에서 그나마 가장 강력한 마나를 품은 것이 바로 번개입니다. 그런 번개를 맞아 아주 작은 조직에까지 번개의 기운이 스며든 대추나무라면 이론적으로는 대륙의 엘프 나무와 비슷한 효과가 있을 것으로 생각됩니다.

"……."

현중은 테른의 말을 듣고 가만히 생각하다가,

"테른."

—네, 마스터.

"성공할 확률은?"

—이론적으로는 70%입니다.

"…젠장."

70%라면 엄청나게 높은 확률이다.

즉, 자연적으로 번개 맞은 대추나무가 마법 지팡이로서 위력이 없다면 지구에서 마법 지팡이는 더 이상 구할 수 없다는 결론이 나온다.

"가격을 떠나 그거, 있긴 하냐?"

솔직히 현중도 이야기만 들었지 실제로 번개 맞은 대추나무를 본 적이 없다.

—현재 제가 아는 정보 안에서는 지난 10년간은 없었습니다.

"뭐야? 그럼 없다는 말이잖아?"

—결론적으로는 그렇습니다.

"…테른 너 설마……?"

현중이 뭔가 자신의 머릿속을 스치고 지나가는 게 있어 테른을 똑바로 바라보았다. 테른이 자신의 주인을 닮은 미소를 지어 보였다.

—마스터, 없으면 만들면 됩니다.

"…인공적인 번개는 안 된다고 했고… 그럼 방법은… 나보고 대추나무를 들고 지구 대기의 중간층인 오존층까지 올라가란 말이야?"

―그거 외엔 방법이 없지 않습니까?

"미쳤냐? 거기가 영하 96도까지 떨어지는 곳인 건 너도 알잖아. 그리고 내가 왜 그깟 번개 맞은 대추나무 하나 만들려고 그 고생을 해야 되는데?"

현중은 내키지 않는 듯 절대로 못한다고 하자 테른은,

―마스터께서 데이비드의 마법사로서의 재능을 깨우셨지 않습니까? 책임을 지셔야 한다고 전 생각합니다.

"……."

테른의 방금 그 말에 현중은 할 말이 없었다.

그런데 대화를 하다 보니 이상하게 테른이 좀 변했다는 생각이 들기 시작했다.

"테른."

―네, 마스터.

"너 나 없는 1년 동안 말발이 많이 좋아졌구나?"

약간 비꼬듯이 현중이 한마디 하자 이제는 테른도 현중을 바라보면서,

―마스터를 모시기 위해서 진화하는 중이라고 생각해 주십시오.

“젠장! 꼼짝없이 대추나무 들고 오존층까지 올라가야겠
군.”

방법이 없었다.

현중이 마법만 쓸 수 있어도 솔직히 다른 방법이 있을지도
모르지만 그놈의 치우천황무는 마법을 전혀 사용할 수 없는
몸을 만들어 버렸기에 지금과 같은 일이 벌어진 것이다.

“아, 처음으로… 치우천황무 배운 거 약간 후회가 되네.”

—제가 옆에서 보좌할 것입니다. 걱정 마십시오, 마스터.

“테른.”

—네, 마스터.

“닥쳐!”

—알겠습니다, 마스터.

그리고 현중의 그림자 속으로 쏙 들어가 버린 테른이었다.

얄밉긴 하지만 현중에게 테른은 뗄 수 없는 존재이기에 그
냥 웃어버렸다.

그리고 일어나 대추나무를 구하기 위해 발걸음을 옮기려
다가 문득 멈칫했다.

“…설마 대추나무도 자연적으로 자란 걸 구해야 하나?”

그냥 혼잣말이었다. 그런데,

—자연적인 게 가장 좋습니다, 마스터.

“닥쳐!”

─네, 마스터.

끝까지 말대꾸하는 테른이었다.

도대체 자신이 사라진 1년 동안 테른이 저렇게 많이 변할
줄 생각도 못했지만 늘 수동적이던 테른이 조금씩 변해가는
것은 기쁜 일이었다.

하지만 지금처럼 얄밉게 뺀질뺀질한 모습은 왠지 달갑지
않았다.

"젠장, 강원도로 가야 하나?"

자신이 저지른 짓이니 결과적으로 자신이 수습해야 했다.

현중은 투덜거리면서도 순간이동했다.

자신이 처음 지구로 차원이동해서 넘어왔던 곳이 강원도
였다.

그래서 그곳으로 곧장 이동했는데, 운이 좋았던 건지 순간
이동해 오자마자 눈앞에 커다란 대추나무 하나가 떡하니 서
있었다.

그것을 본 현중은 생각할 것도 없이 한 손으로 나무를 통째
로 뽑아 테른을 불러내 아공간에 집어넣었다.

"테른."

─네, 마스터.

"흙 잘 덮어라."

─네, 마스터.

　현중의 명령이 끝나자마자 바로 테른은 커다란 대추나무가 뽑혀 나간 자리에 디그 마법을 시전해서 감쪽같이 사라지게 했다.

　그리고 하늘을 바라보며 테른과 현중은 사라졌다.

Chapter 07
아르카임 스톤헨지로

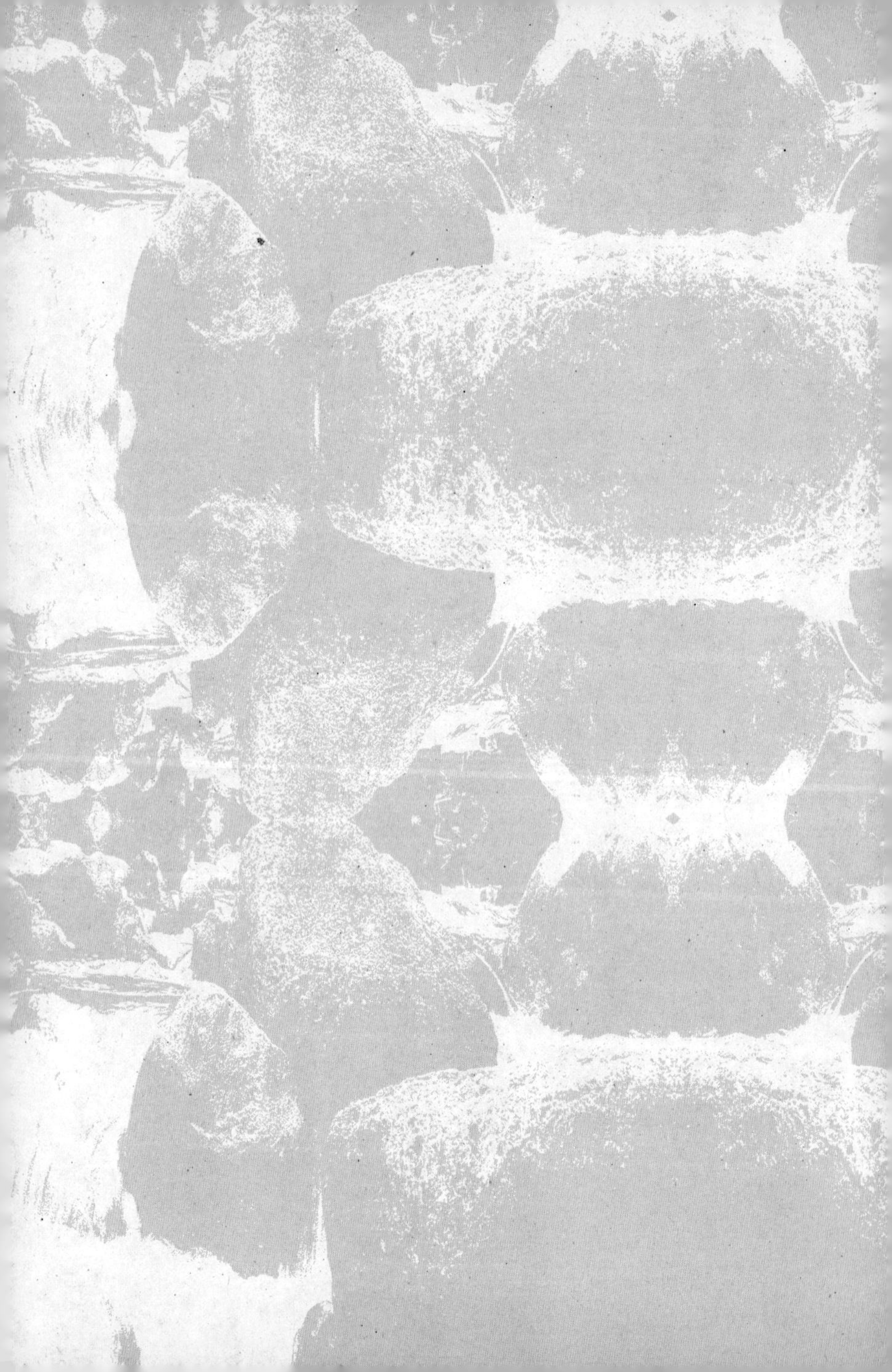

　그렇게 월석을 핑계로 마스터들을 각자의 나라로 돌려보
낸 뒤 현중은 조용히 영국으로 와 있었다.

　"뭐 변한 게 없구만. 1년 동안 변하면 그게 이상하려나?"

　현중은 천천히 주변을 구경하다가 곧 식상했는지 사라져
버렸다.

　그리고 다시 모습을 드러낸 곳은 메로우가 있는 템플재단
의 연구실 중 하나였다.

　[오랜만이네요.]

　현중이 전음으로 메로우에게 인사하자,

"말로 해도 돼요."

"응?"

1년 사이에 메로우가 전음으로만 이야기하던 것에서 벗어난 것이다.

"배웠어요. 이곳에서 입을 통하지 않으면 대화가 되는 사람이 마리아 씨뿐이라서 심심했거든요."

한마디로 심심해서 말을 배웠다는 것이다.

하긴 다른 언어를 쓰는 것도 아닌 마나를 이용한 대화 방식 외에는 전혀 사용할 수 없다면 메로우 본인도 어지간히 답답했을 것이다.

하지만 1년 만에 이처럼 완벽하게 대화가 가능한 것은 현중도 의외였다.

그런데 웃기게도 메로우의 대화 상대는 바로 TV와 대동그룹에서 만든 W패드였다.

메로우의 존재 자체가 아직 비밀이기에 언어를 가르쳐 줄 선생도 없이 독학으로 발음법부터 모든 것을 깨우친 것이다.

"그보다 정말 오랜만이네요."

메로우가 웃으면서 말하자 현중은,

"먼저 해야 할 일이 있었거든요. 그리고 이제 그 일을 끝내고 왔으니 본래 가려고 했던 곳으로 가려고 합니다."

"그래요? 그럼 아르카임 스톤헨지로 가는 건가요?"

메로우는 제법 기대에 들떠 있는 듯했다. 자신이 처음 모습을 드러낸 곳으로 가는 기쁨이라기보다는 이 답답한 연구실에서 벗어난다는 것이 더욱 기쁜 듯 보였다.

그런 모습에 현중은 메로우에게 미안한 마음이 들었다.

나름 조율자로서 태어났지만 너무나 과학이 발달해 버린 지구의 현재 상황에 인어가 할 수 있는 조율자로서의 역할은 극히 미비하기만 했다.

거기다 드래곤처럼 마법을 펑펑 써대면서 마음에 안 드는 것은 부숴 버릴 수 있는 권한도 없고 그런 능력도 없다.

오직 바다를 정화하고, 바다와 이야기하고, 바다를 노래하는 능력이 전부인 것이다.

"그럼 가실까요?"

"네. 그리고 마리아 씨에게는 이번에도 나중에 말한 건가요?"

메로우가 저번처럼 마리아가 들어오지 않는 이상 그냥 갈 것 같기에 한마디 했다. 현중은 고개를 흔들면서 어딘가로 걸어가더니 구석 위쪽에 달린 작은 스피커를 바라보았다.

"보고 있고 듣고 있는 거 다 압니다. 이제 메로우 양을 데리고 갈까 합니다."

메로우는 현중이 왜 스피커를 향해 대화를 하는지 영문을 몰랐는데,

[알았어요. 현중 씨 마음대로 하세요.]

놀랍게도 마리아의 대답이 들려왔다.

"봤죠?"

현중은 너스레를 떨면서 웃는 얼굴로 메로우의 손을 잡더니 연구실에서 사라져 버렸다.

그리고 그런 모습을 고스란히 감시 카메라로 살펴보던 마리아는 아쉬운 듯 기지개를 켜면서 일부러 모른 척했다.

옆에 있던 베이스퍼가 마리아를 향해,

"마야, 차라리 같이 가자고 그러지 왜 그냥 보낸 거냐?"

베이스퍼는 억지로 현중을 보내는 마리아의 흔들리는 마음을 눈치챈 것이다. 솔직히 그동안 마리아와 현중의 사이를 가장 오랫동안 지켜봐 온 사람이 바로 베이스퍼이기에 빠르게 캐치할 수 있기도 했다.

그런데 그런 베이스퍼의 말에 마리아는 고개를 흔들면서,

"현중 씨가 가는 곳은 마족을 상대하는 곳이에요. 지금의 전… 그저 짐일 뿐이에요. 짐은… 하나라도 적은 게 좋은 걸 제 자신이 너무 잘 알고 있으니까요."

"…마야."

베이스퍼는 마리아가 이 정도로까지 현중을 생각하고 있을 줄은 몰랐다.

그저 그냥 좋아하는 정도로 생각했는데 이미 그 단계를 넘

어 사랑하는 마음까지 진전되어 있었다.

자신보다 상대를 먼저 생각하고 그 사람의 마음과 행동까지 미리 생각해서 자신이 움직이는 그런 사랑을 말이다.

"그리고 더 이상 현중 씨가 사라지지 않을 거란 것도 잘 알고 있으니까요."

상대해야 할 적이 나타난 이상 현중은 더 이상 사라지지 않을 것이다. 그리고 지금 현중이 가는 곳도 분명히 그럴 것이라고 생각했다. 어디로 가는지 이미 대충 알고 있기도 했다.

마리아는 그래도 궁금했는지 마이크를 켜고는,

"나다. 위성으로 아르카임 스톤헨지를 살펴봐라. 뭔가 수상한 게 있으면 바로 연락하고."

그래도 혹시나 하는 마음에 위성 감시 시스템을 작동시켰다.

그런 마리아의 모습에 베이스퍼는 나직하게 웃으면서,

"너의 사랑은 그런 것이냐?"

"네, 스승님. 그리고 제가 아는 유일한 방법이에요."

"그래, 그렇겠지."

베이스퍼는 더 이상 마리아에게 말을 하지 않았다.

100명의 사람이 있다면 100가지 사랑이 있다는 말이 있다. 그만큼 겉으로 보기에는 다 똑같아 보이지만 실제로 들여다보면 모두 다른 방법으로 사랑하고 있는 것이다.

그리고 사랑은 개인의 자유이기에 주위에서 뭐라고 할 수
도 없었다.


"여긴?"
메로우는 순간이동으로 인해 잠시 감았던 눈을 뜨고 주변
을 바라봤다.
제법 넓은 공터에 연못이 있고, 그리고 현재 메로우가 서
있는 곳에는 이상한 흔적의 유적만이 남아 있다.
"아르카임 스톤헨지예요."
현중이 말하자 마리아는 곧장 걸어가더니 유적지 옆에 있
는 연못으로 향했다.
그리고 연못에 손을 담그고 눈을 지그시 감으며 무언가 생
각하는 듯하더니 곧 일어섰다.
"고마워요. 제 부탁을 들어줘서요."
"아닙니다. 저도 이곳에 와야 할 이유가 있었거든요."
현중은 슬쩍 고개를 돌려 주변을 살펴봤다. 그리 높지 않은
언덕이 몇 개 보이고 유적지를 중심으로 연못이 한두 개 있을
뿐 별다른 특이한 것은 없는 곳이었다. 거기다 관광지로 제법
알려진 곳이라 그런지 관광을 온 사람들도 몇몇 보이긴 했다.
"흠."
현중은 기감 영역과 마나 영역까지 펼쳤지만 너무나 평범

한 모습에 한 시간 정도 살펴보다가 우선 유적지가 잘 보이는 곳으로 올라가기로 했다.

외곽에 이 아르카임 스톤헨지 하나가 유일하게 있다 보니 관광객들이 자주 와서 보는 곳으로 올라오자 금방 유적지의 전체적인 구조가 파악되었다.

지금은 그 흔적만 남아 있지만, 중앙에 커다란 원을 중심으로 에워싸듯 성벽이 자리 잡고 있는 흔적이다.

전체 모습을 살피고 있자니 왜 이곳이 스톤헨지라고 불리는지 현중은 의문이 생겼다.

아무리 봐도 그냥 유적지 흔적만 보일 뿐이었기 때문이다.

스톤헨지란 '공중에 걸쳐져 있는 돌'이라는 뜻을 가진 말이다. 하지만 아르카임의 스톤헨지는 그 어디에도 돌이 없었다.

다만 유적지로 보이는 곳의 흔적이 영국의 스톤헨지와 유사하리만큼 비슷했을 뿐이다.

"……."

현중은 자신이 생각하던 것과 너무나 다른 상황에 잠시 생각하는 중이었고 메로우는 뭔가 추억에 잠기듯 살짝 눈을 감고서 노래를 흥얼거리고 있었다.

그러다 메로우가 살짝 눈을 뜨고서 현중을 향해,

"현중 씨."

“네?”

“이곳이 어떤 곳인지 아세요?”

“…모르겠군요.”

역사에는 별 관심이 없는 현중이었으니 당연했다. 하지만 메로우는 현중이 모른다는 말에 오히려 기분이 좋은지 입가에 미소를 한껏 머금고는,

“이곳은 포세이돈님을 모시던 후손들이 살던 곳이에요.”

“포세이돈?”

이곳은 러시아 내륙이다.

그런데 바다의 신인 포세이돈을 모시는 신이라니 뭔가 이상하지 않는가?

“아틀란티스가 무너지고 나서 아틀란티스인들이 머물던 장소가 분명해요.”

“……!!”

아틀란티스는 사라져 버린 신비의 대륙이다. 그런데 그곳에서 살아남은 사람이 있다는 메로우의 말은 충격적이었다.

현중은 자신도 모르게 메로우를 빤히 바라보고 있었다.

“전 느낄 수 있거든요. 이곳이 포세이돈님의 축복이 내린 곳이라는 것을요. 그리고 포세이돈님의 흔적을 느낄 수가 있어요.”

인어인 메로우가 이런 말을 하자 현중에게는 우스갯소리

로 들리지 않았다.

그보다 아틀란티스가 가라앉으면서 살아남은 사람들이 이곳 내륙의 러시아까지 와서 포세인돈을 모셨다니 조금은 의외였다.

"놀랄 것 없어요. 그때는 저기까지 바다였으니까요."

메로우의 말을 듣자 현중은 아차 싶었다.

지금의 지구 형태는 최근에 만들어진 것이고 아틀란티스가 있던 과거에는 지금과 많이 다른 대륙의 모습이었을 것이다.

이곳도 바다였을 것이라는 말에 어느 정도 수긍이 되긴 했다.

"좋네요. 고향은 아니지만… 포세이돈님의 흔적을 느낄 수 있는 곳이 남아 있어서."

메로우는 마냥 좋은지 콧노래를 흥얼거렸다.

현중은 메로우의 말을 듣기 전까지는 그냥 유적지 비슷한 것으로 생각했는데 이젠 이상하게 새롭게 보이기 시작했다.

이게 교육의 효과라는 것인지 모르지만 확실히 달라 보였다.

그리고 잠시 유적지를 가만히 살펴보던 현중은 벌떡 일어서면서,

"그렇구나!"

　포세이돈을 모시던 아틀란티스인이 와서 살던 유적지라고
했다. 그리고 아틀란티스인들은 금속을 만드는 데 그 시대 최
고의 장인들이었다.

　거기다 유일하게 오리하르콘을 만드는 제조법을 알고 있
는 사람들이 바로 아틀란티스인이었다.

　그럼 결론은 하나다.

　"이곳에 오리하르콘으로 만들어진 포세이돈의 동상이 있
겠군."

　인간은 예나 지금이나 비슷하다. 차원이 달라도 비슷하니
까 그 점은 확신할 수 있다.

　지금도 한번 모시는 신을 절대로 바꾸지 않는 인간들이니
예전에도 그런 특성을 고스란히 가지고 있었을 것이다.

　서로 자신이 믿는 신이 유일한 신이라고 우기면서 전쟁까
지 하는 것이 바로 인간인 것을 생각하면, 아틀란티스인들이
이곳에 정착했다면 필연적으로 자신들이 모시던 포세이돈의
동상을 만들었을 것이다.

　그리고 워낙에 보여주기를 좋아하는 성격이었다고 알려진
아틀란티스인들이라면 바다 속에 가라앉긴 했지만 아틀란티
스 대륙에 있던 것과 똑같은 재질로 똑같은 크기의 포세이돈
동상을 만들었을 것이 분명했다.

　거기다 메로우가 분명 포세이돈의 흔적을 느낄 수 있다는

말까지 하지 않았는가?

이 모든 것이 딱딱 맞아떨어지자 현중은 확신했다.

아르카임 스톤헨지에 엄청난 크기의 오리하르콘이 잠들어 있다는 것을 말이다. 그리고 아직 사이언톨로지 녀석들은 모르고 있는 듯했다. 알았다면 벌써 파냈을 것이기 때문이다.

확신이 생기자 현중은 오히려 좋은 아이디어가 생각났다.

"메로우 양."

"네?"

"연구실에 갇혀 있는 것이 많이 힘들었을 것으로 생각됩니다. 이번 기회에 바다를 한번 여행하시는 게 어떠세요?"

현중의 말에 메로우는 자리에서 벌떡 일어서더니,

"정말요? 정말인가요? 그래도 돼요?"

얼굴의 양쪽 볼에 홍조가 보일 만큼 들떠 있는 게 보였다.

그만큼 연구실에 갇혀 있는 것이 힘들었다는 결론이다. 서로 필요에 의해서 돕고 있다고 하지만 사실상 메로우의 입장에서는 감금이나 마찬가지였다.

"제 부하가 바다까지 안내해 줄 겁니다. 테른."

스르륵.

현중이 부르자 테른은 현중의 그림자에서 모습을 드러냈다.

"메로우 양을 바다로 안내해 드려. 그리고… 알지?"

―알겠습니다.

현중의 지시를 받은 테른은 그대로 메로우를 데리고 사라져 버렸다.

현중은 유적지를 한번 유심히 바라보다가 씨익 웃으면서 발길을 돌렸다.


"그러니까 지금 현중 씨의 말은⋯ 러시아에 있는 아르카임 스톤헨지라는 유적지에⋯ 오리하르콘으로 만들어진 포세이돈의 동상이 묻혀 있단 말인가요?"

"네."

마리아는 지금 정신이 없었다.

메로우를 데리고 갔던 현중은 자기 맘대로 메로우를 휴가 보냈다는 말과 함께 입을 다물어 버렸다.

하지만 그런 것은 아예 마리아의 머릿속에서 사라질 만한 충격적인 소식을 전해온 것이다.

"메로우의 말에 의하면 아르카임 스톤헨지는 사라진 아틀란티스 대륙에서 살아남은 아틀란티스인들이 정착해서 살았던 곳이라고 하더군요."

현중의 말에 마리아는 솔직히 현중의 말은 다 믿기로 했지만 이번 건은 좀 아니다 싶었는지 말을 많이 아꼈다.

"현중 씨는 왜 그렇게 자신하죠?"

“인어는 거짓말을 하지 않으니까요.”

“…그게 아니라 어떻게 그렇게 확신하는 거죠? 그리고 그만큼 메로우의 말을 신뢰하는 건가요?”

마리아는 메로우에게 질투를 느끼면서 물었다.

“네.”

1초의 망설임도 없이 현중이 대답하자 결국 한숨만 내쉬는 마리아였다.

“지금 그 말은 현중 씨의 개인적인 추측이지 않나요?”

솔직히 아무리 마리아라도 이건 좀 아니다 싶었던 건지 조심스럽게 말하지만 결론은 증거가 없다는 것이다.

“아니요. 추측이든 아니든 상관없어요. 이게 소문으로 퍼지기만 하면 되니까요.”

“네? 그게 무슨 말이에요? 사실이 아니라도 상관없다니요? 오리하르콘이에요, 오리하르콘. 지금 전 세계가 눈에 불을 켜고 찾으려고 난리인 물건이에요. 이게 얼마나 큰 파장을 불러올지 모르세요?”

자칫하면 러시아에 전쟁이 벌어질 수도 있었다.

말이 쉬워서 전쟁이지 지금 같은 시대에 전쟁이 벌어지면 그 파괴력은 상상을 초월한다.

“전쟁을 터뜨리기 위해서 소문내는 겁니다.”

“네에?”

점점 알 수 없는 말을 하는 현중의 말에 마리아마저 결국 고개를 흔들었다.

"말해주세요. 도대체 현중 씨가 생각하는 건 뭐예요?"

씨익~

마리아의 사정하는 투의 말에 현중은 한번 웃어주고는 조용히 입을 열었다.

"전쟁이 터지기 직전까지 몰고 갈 생각이에요."

"몰고 가다니요?"

현중의 말을 곰곰이 생각하던 마리아는 순간 무언가가 그녀의 머리를 스치고 지나갔다.

그리고 자신의 뇌리에 스치는 생각이 사실이라면 아마 이 계획을 실행할 수 있는 사람은 현중이 유일할 것이다.

"설마… 현중 씨, 꼬리를 잡기 위해서… 오리하르콘을 미끼로 던질 생각이세요?"

"빙고!"

현중이 활짝 웃으면서 대답하자 마리아는 할 말을 잃어버렸다.

도대체 사이언톨로지가 얼마나 꽁꽁 숨어 있길래 현중이 전쟁을 일으키려는 생각까지 한단 말인가?

물론 오리하르콘이라는 정말 먹음직스러운 미끼가 있긴 했다.

그렇지만 이건 자칫 잘못하면 세계 3차대전으로 몰고 갈 수도 있는 상황이다.

그런데 현중은 마리아의 상상의 나래를 슬쩍 천심통으로 살펴보고는,

"너무 앞서가는군요."

"네?"

"전쟁이 터질 만큼의 상황으로 몰고 간다고 했지 전쟁을 일으킨다고는 하지 않았거든요 "

"아니, 그게 그 말이지 않나요? 오리하르콘이 러시아의 아르카임 스톤헨지에 커다란 덩어리로 묻혀 있다고 소문이 퍼지면 당연히 세계 각국의 첩보원들이 움직일 거예요. 우선 사실인지 확인하기 위해서요."

마리아가 당연하다는 듯 설명하자 현중은 고개를 끄덕였다.

"그리고 혹시라도 오리하르콘이 묻혀 있다고 확인된다면 그때부터는 치열한 외교 전쟁이 벌어지겠죠. 그리고 그게 실패하면 무력행사가 시작될 거구요. 저희 영국도 뛰어들 것이 뻔해요."

마리아는 자신의 조국이지만 너무나 뻔히 보이는 미래에 살짝 말꼬리를 흐렸다. 현중 앞에서 거짓말을 해봐야 소용없기에 그냥 다 말해 버리긴 했어도 민망한 건 민망한 거다.

솔직히 이건 누구라도 예상할 수 있는 시나리오이기에 그냥 다 말해 버린 것이다.

"알고 있어요."

현중이 태연하게 대꾸하자 마리아는 현중에게 얼굴을 바싹 가까이 가져가면서,

"도대체 현중 씨는 어떻게 그렇게 확신하죠? 오리하르콘이 발견되지 않는다면 사이언톨로지는 움직이지 않을 거예요. 하지만 반대로 오리하르콘이 발견되면 사이언톨로지가 움직이겠죠. 그런데 사이언톨로지만 움직이는 게 아니라 전 세계가 움직이게 돼요."

한마디로 모 아니면 도가 되는 것이다.

하지만 현중은 오리하르콘이 없다면 테른의 아공간에 숨겨져 있는 오리하르콘을 가져다 묻어서라도 사이언톨로지를 움직이게 만들 생각이었다.

마리아가 그런 현중의 생각을 알았다면 입에 거품을 물고 난리를 쳤겠지만 모르는 게 약이었다.

"오리하르콘은 분명히 있어요. 그리고 사이언톨로지는 움직이겠죠."

"현중 씨, 정말… 위험해요."

마리아 입장에서는 현중의 지금 방법은 너무 극단적이었다.

　하지만 최근에 마족의 존재와 사이언톨로지를 알게 된 마리아에게나 그렇지, 현중에게는 전혀 극단적이지 않은 방법이었다.

　이미 카일라제가 인간의 몸을 빌려 강신할 수 있는 단계에까지 다다랐고, 그리고 1년 동안 자신은 수련 때문에 잠시 떠나 있었다.

　그사이 사이언톨로지는 백련교라는 미친놈들을 끌어들여 마족을 소환하는 소환술까지 퍼뜨린 것이다.

　여기서 더욱 지체된다면 이번에는 또 무슨 짓을 할지 현중으로서도 짐작조차 되지 않았다.

　그렇다면 때론 단순하면서도 극단적인 게 가장 확실한 해결 방법이 될 수도 있다.

　특히나 철저하게 숨어 있는 녀석들을 끄집어내기 위해서는 확실한 미끼가 필요했다.

　전 세계가 움직일 만한 확실한 미끼가 말이다.

　"걱정 말아요. 전쟁은 일어나지 않을 테니."

　현중의 자신에 찬 말에 마리아는 불안한 듯 눈동자가 흔들렸지만 결국 팔은 안으로 굽는다고 사랑하는 남자의 말을 믿을 수밖에 없었다.

　불 속인 걸 뻔히 알면서도 그놈에 사랑 때문에 뛰어들 수밖에 없는 것이 바로 사랑하는 여자인 것이다.

"현중 씨, 확신해요?"

이미 현중을 향한 사랑으로 인해 마리아는 판단이 흔들리기 시작했다

처음에나 현중의 말에 펄쩍 뛰었지 그것도 잠시였다. 조금씩 현중의 말에 동화되어 가고 있었다.

한 번도 허투루 말한 적이 없고, 했던 말은 철석같이 지켰던 신의가 있기에 그를 믿기로 한 것이다.

그리고 확신에 찬 현중의 자신감에 이상하게 기대고 싶어지는 마리아였다.

"만약에 전쟁이 일어나면……."

현중이 슬쩍 만약의 사태에 대해서 말을 꺼내자 마리아는 불안했다. 지금은 현중의 확신에 찬 말만 듣고 싶으니 말이다.

"전쟁을 일으킨 나라를 제가 찾아가서 해결할 테니까요."

"네… 에?"

현중의 해결이라는 말이 너무나 간단해서 마리아는 황당해서 자신도 모르게 큰 소리로 외쳤다.

"간단하지 않나요? 제가 직접 전쟁을 일으킨 국가를 찾아가서 중요 인사를 한 100명에서 200명 정도 태평양 바다 속에 던져 버리면 전쟁이야 금방 끝날 텐데."

"……."

현중의 말에 마리아는 자신이 정말 현중을 사랑하는 게 잘한 일일까 하고 처음으로 의심하는 자신을 보았다.

상식과는 한없이 떨어진 방법이다. 협상이나 외교가 아닌, 한마디로 죽은 자는 말이 없다는 식의 처리 방법인 것이다.

그런데 이런 허무맹랑한 작전을 듣고도 결국 마리아는 현중을 따라 소문을 퍼뜨리기로 했다.

그놈에 사랑이 뭔지…….

처음으로 마리아는 현중을 사랑하는 자신을 조금은 원망했다.

그리고 만약에 오리하르콘 때문에 전쟁이 터지더라도 영국만큼은 자신의 모든 것을 동원해서라도 막아야겠다고 다짐했다.

현중이라면 영국이라고 봐준다는 것은 생각할 수 없을 테니 말이다.

현중이 영국에 단신으로 쳐들어와서 영국 총리를 비롯해서 중요 인사 100명을 한꺼번에 잡아서 던져 버린다면 영국은 한순간에 마비될 것이다.

아무튼 싫든 좋든 현중의 계획에 동참하기로 한 이상 마리아는 계획을 철저하게 세우기 시작했다.

우선 확인되지 않은 소문을 퍼뜨리기에 가장 좋은 곳을 찾아야 했는데 때마침 절묘한 타이밍에 데이비드의 생일 파티가 여왕의 주최로 열릴 예정이었다.

"파티라……."

현중은 마리아의 말을 듣고는 잠시 생각하더니 역시나 대륙이나 지구나 귀족의 생각은 비슷하다고 생각했다.

"확인되지 않은 정보를 퍼뜨리기에는 사교파티가 가장 적절하죠. 거기다 이번 파티는 여왕 폐하께서 주최하신 거라 영국뿐만이 아니라 주변의 유럽에서 어느 정도 힘이 있는 귀족들은 모두 참석한다고 생각하면 돼요."

"그래요?"

그 정도면 충분했다.

말하기 좋아하는 귀족 부인들에게 슬쩍 흘리기만 해도 그들이 알아서 소문에 살을 붙이고 내용을 부풀려서 퍼뜨려 줄 테니 말이다.

"그런데 데이비드 생일이었나요?"

"3일 뒤에 열려요. 그리고 여왕 폐하께서 현중 씨도 꼭 참석을 바란다는 당부를 남기셨어요."

씨익~

현중은 마리아의 말에 웃으면서 대답했다.

"당연히 가야죠."

"…그런데 현중 씨는 파티복 있어요?"

"음, 없군요."

“역시나.”

마리아는 예상했던 듯,

“제가 준비할게요. 다만 디자인은 제가 마음대로 정할 거예요.”

“저야 해준다면 감사할 따름이죠.”

장난스럽게 눈웃음을 지으면서 현중이 마리아에게 고맙다고 하자 마리아도 피식 웃었다. 도무지 미워할 수 없는 남자인 것이다.

현중은 우선 가장 중요한 사람인 마리아를 설득하는 데 성공하자 어느 정도 계획의 진행에 자신이 생겼다.

그리고 번뜩이는 아이디어로 시작되었지만 확실히 이보다 매력적인 미끼가 없다고 자신하는 중이었다.

더 이상 사이언톨로지에 질질 끌려 다니는 것은 사양하고 싶었다.

마리아가 우선 일이 있다고 나가자 현중도 일어서서 다시 한 번 아르카임 스톤헨지로 갈까 하다가 문득 데이비드가 떠올랐다.

현재 무엇을 하고 있는지 궁금하기도 했고 얼마나 발전했는지도 궁금했기에 잠깐 데이비드의 기척을 살폈다. 의외로 가까운 곳에 데이비드가 있었다.

“바닷가 절벽에서 뭐하는 거지?”

현중은 대충 어딘지 알기에 그곳에 데이비드가 있다는 것
이 조금은 의외라는 표정을 지으면서 사라졌다.


철썩~!

커다란 파도가 저 멀리서부터 천천히 몰려와 해안가에 다
다를 때는 그 크기가 2~3미터는 기본으로 커져 버렸고, 마치
작은 것은 무엇이든 집어삼켜 버리겠다는 듯한 파도의 위력
에 다들 놀라워했다.

그런데 그런 파도가 마지막에 부딪쳐서 산산이 부서지는
커다란 절벽 바로 위에 데이비드가 가부좌를 틀고 앉아 있다.

"……."

현중은 잠깐 할 말을 잃었다. 기사 수련을 해서 온몸이 근
육이라 가부좌가 쉽지 않았을 것이다. 그런데도 힘겹게 버티
고 있는 데이비드의 모습을 보고는 고개를 흔들었다.

"그렇게 해서 집중이 잘 되나?"

"……!!"

명상인지 잠을 자고 있었는지 모르지만 현중의 말에 화들
짝 놀란 데이비드가 눈을 떠서 그를 올려다보았다.

"현중님."

"그래, 그냥 잘하고 있나 궁금해서 와봤는데, 집중 잘 돼?"

"…그게 사실은… 잘 안 됩니다."

현중은 그럴 줄 알았다는 표정이다.

아니, 당연했다.

가부좌는 스님들이나 하는 것이고 실제로 가부좌가 집중이나 명상을 하는 데 도움이 되는 사람도 있지만 오히려 반대로 방해가 되는 사람도 있다.

데이비드처럼 온몸이 근육질이고 움직이는 것에 익숙한 사람은 오히려 가부좌가 불편한 자세다. 오히려 참을성을 키워주는 훈련에 적합할 것이다.

그리고 그런 현중의 생각대로 차가운 바닷바람을 맞이하면서도 식은땀을 흘리는 데이비드의 모습을 보니 집중에 도움이 되기보다는 방해가 되는 게 확실해 보였다.

"가부좌 자세를 하고 얼마나 있었지?"

현중이 물어보자 데이비드는 조용히 손가락 세 개를 펴서 현중에게 내밀었다.

"세 시간?"

현중은 세 시간이라는 말에 의외라는 표정을 지었다. 가부좌는 결코 초보가 몇 시간 동안 할 수 있는 자세가 아니기 때문이다. 특히 하체가 긴 서양인 체형에게 가부좌는 정말 힘든 도전 중의 하나였다.

그런데 현중의 말에 고개를 흔든 데이비드는,

"3분입니다."

"……."

순간 현중이 주먹을 쥐었다 폈다는 것을 데이비드는 몰랐다.

현중은 잠시나마 데이비드를 다시 볼 뻔했던 자신의 판단을 기억 속에서 깨끗하게 지워 버렸다. 그는 이러지도 저러지도 못하는 데이비드의 모습을 바라만 봤다.

"현중님."

"왜?"

현중이 살짝 딱딱하게 대답하자 데이비드도 자신이 이야기하고도 3분이라는 시간이 부끄러웠는지 고개를 숙였다.

"다리가 펴지질 않습니다."

단 3분이라는 시간 동안 가부좌를 하고 있었지만 데이비드의 다리에는 엄청난 부담으로 작용되었다. 다리 근육이 긴장을 한 채로 3분 동안 계속 자세를 유지한 것이다.

그러다 보니 자연스럽게 따라오는 부작용이 있었으니, 바로 다리에 쥐가 나버렸다.

좋은 말로는 근육 경련이라는 말이 있지만 가부좌를 틀고 3분 만에 다리에 쥐가 나서 꼼짝도 못하는 상태가 되어버린 것이다.

애초에 지식도 없이 그저 남들이 한다고 따라 한 것부터가 잘못된 것이었다.

물론 그 힘든 가부좌 자세까지 하면서 집중력을 키우기 위해서 노력한 것은 칭찬해 줄 만하지만 어느 정도로 했을 때의 이야기다.

"쩝."

현중은 별수 없이 데이비드의 어깨에 손을 올리고는 자신의 마나를 강제로 데이비드의 몸속에 흘려보냈다.

그렇게 흘려보낸 마나를 조종해서 현재 데이비드에게 고통을 안겨주는 다리 근육을 강제로 이완시켜 버린 것이다.

마치 근육이완제를 맞은 것과 같은 현상이 잠깐 일어날 테지만 마나로 인해서 이완시킨 거라 그리 오래 유지되진 않을 것이다.

"헉헉, 감사합니다."

데이비드는 현중이 살고 있는 한국에 급속도로 관심을 가지기 시작했다.

본래 누군가를 존경하게 되면 그 사람이 가지고 노는 장난감까지도 따라갖고 싶은 게 일반적인 심리다.

그런데 자신의 인생을 뒤집어놓을 은혜(?)를 베풀어준 현중이다. 모든 게 궁금할 수밖에 없었다.

그러다가 우연히 무소유라는 책을 입수하게 되었다.

다행히 영문으로 번역되어 있는 책을 구했는데 그것을 읽었던 것이 기억난 것이다.

거기서 자신을 돌아보기 위해서 했다는 자세를 사진으로 봤고, 그것이 한국의 스님들이 하는 가부좌라는 특이한 자세란 것을 알게 되었다.

나름 무소유를 읽고 느낀 바가 있었던 데이비드는 곧장 가부좌를 하기로 마음먹었다.

하지만 하체가 긴 서양인의 특성상 잘될 리가 없었다.

몇 번이고 시도를 했지만 실패하자 결국 인터넷의 힘을 빌려 W패드를 이용해 가부좌에 대해서 알아보기 시작했고, 스트레칭을 시작으로 여러 가지 준비동작이 필요하다는 글을 보고 그대로 따라 하기 시작했다.

바로 여기서 첫 번째 문제가 생겼는데, 일반인이 자신의 생각을 기본으로 올린 글만 보고 가부좌를 할 수 있는 기본적인 자세로 착각한 데이비드는 그게 마치 교과서인 것처럼 열심히 따라 했다.

지성이면 감천이라고, 노력해서 그런지 몰라도 가부좌 자세를 하는 데 성공한 데이비드는 곧장 자리를 박차고 일어나 시야가 탁 트여 있는 곳으로 무조건 향했다.

그게 지금 바닷가 절벽인 것이다.

하지만 들뜬 기분에 어떤 후유증이 오는지 전혀 알지 못한 데이비드는 무작정 차가운 바위 위에 앉아서 가부좌 자세를 취했다.

"그래, 이거야, 이거."

절벽에서 바라보는 시선 때문인지 마치 자신이 바다 위에 떠올라 내려다보는 느낌을 받았고, 그런 느낌이 싫지 않은 데이비드였다.

그런데 그런 기분 좋은 상황은 결코 오래가지 못했다. 가부좌를 하고 1분이 지났을까? 다리 쪽에서 피가 통하지 않는 듯하더니 곧 감각이 사라지기 시작했다.

하지만 데이비드는 대수롭지 않게 생각했다. 자신이 W패드를 통해 읽은 글에서 잠시 다리에 감각이 없어질 수도 있지만 당연히 거쳐야 한다는 과정으로 쓰여 있었던 것이다.

검증되지 않은 정보를 맹목적으로 믿고 따르는 사람들이 엉뚱한 사고를 당하는 경우가 자주 있는데 데이비드가 그중 하나가 되어가는 중이었다.

글에서는 잠시 뒤면 감각이 사라지면서 편안한 마음을 가질 수 있다고 쓰여 있었지만 실제로 데이비드에게는 가부좌를 한 지 2분 만에 그분이 오시고야 말았다.

'윽! 이건 뭐지?'

마치 발끝에서부터 허벅지까지 보이지 않는 무언가가 자신의 다리를 잡고 비트는 것 같은 느낌과 함께 온몸을 관통하는 고통이 느껴지기 시작한 것이다.

처음 감각이 무뎌지기 시작했을 때 가부좌를 풀었다면 이

지경까지는 오지 않았겠지만 데이비드가 무시하고 그 단계를 넘어버리는 바람에 쥐가 나면서 의외로 조금은 심각한 상태로까지 와버렸다.

다리가 일시적으로 마비가 되어버린 것이다. 다리가 마비되면서 고통이 데이비드의 뇌리를 강타하고 있었다.

'오, 마이 갓!!'

한참 늦어버리긴 했지만 데이비드는 이제야 뭔가 잘못되었다는 것을 느끼고 가부좌를 풀려고 노력했다. 하지만 쉽지 않았다. 조금만 몸을 움직여도 뇌리를 강타하는 형용할 수 없는 고통에 몸부림쳐야 했으니 말이다.

그렇게 3분이라는 시간이 되어가고 있었지만 실제로 다리에 쥐가 난 후 겨우 1분 흘렀을 뿐이다.

그리고 데이비드는 태어나서 처음 1분이라는 시간이 결코 짧은 시간이 아니라는 것도 깨달았다.

지금 당장 누군가가 옆에 있다면 도와달라고 부탁하고 싶은 심정이었던 것이다.

그리고 그런 절묘한 상황에 현중이 나타났다.

"집중력을 키우기 위한 자세가 이렇게 힘들 줄 몰랐습니다. 마법사의 길은 정말 현중님의 말씀대로 외롭고 힘든 길이군요."

"……"

　현중은 굳이 데이비드의 지금 생각을 바로잡아 주지 않았다. 뭐 자기가 알아서 힘든 길을 걸어가고 있으니 말이다.

　솔직히 집중력을 키우는 거라면 현재 지금의 지구에서라면 여러 가지 방법이 있었다.

　집중력을 올려주는 음악도 있고, 집중력을 올려주는 소리를 들려주는 전용 기계도 있었다. 그 외에도 가부좌를 굳이 하지 않아도 누워서 명상을 해도 어차피 똑같은 효과를 발휘할 수 있었다.

　현중이 대륙에서 마나를 적응할 때 누워서 했던 경험이 있으니 100% 확실한 사실이고 경험이다.

　하지만 외국인 체형에 맞지도 않는 가부좌를 어디서 배웠는지 모르지만 낑낑대면서 자세를 잡고 집중력을 키운답시고 노력하는 모습을 보고 현중은 오히려 그냥 내버려 두기로 했다.

　굳이 스스로 힘든 길을 간다면 그것 또한 데이비드의 몫이었다. 그리고 힘들게 배운 것은 힘든 만큼 머리가 아니라 몸이 기억하는 법이다.

　그리고 인간은 머리로 기억한 건 잊어버려도 몸으로 기억한 것은 죽을 때까지 잊어버리지 않는다.

　다만 깨닫는 게 많이 느릴 뿐이다.

　하지만 지금 데이비드의 열정을 보니 생각보다 그리 많이 느릴 것 같진 않아 보였다.

지금 상황에 현중이 데이비드에게 손을 내밀게 되면 오히려 데이비드가 현중에게 의지하게 되는 상황이 벌어질 가망성이 높아 보였다.

때로는 매몰차게 모른 척해야 할 때가 있는 법이다.

현중이 슬쩍 몸을 돌려 데이비드의 곁에서 멀어지자 그걸 눈치챈 데이비드가,

"가십니까?"

"응."

"으윽!"

현중이 간다는 소리에 일어서려고 했지만 아직 강제로 근육을 이완시킨 후유증 때문에 일어서지 못하는 데이비드는 낑낑대기만 했다.

"됐다. 그보다 발전이 있길 바란다. 그리고 3일 뒤에 보자."

그 말을 끝으로 현중은 나타났을 때와 같이 바람 속에 녹아 버리듯 사라져 버렸다.

그렇게 현중은 사라졌지만 데이비드는 현중이 남긴 3일 뒤에 보자는 말에 잠시 고개를 갸웃거렸다.

"3일? 3일 뒤에… 다시 마스터 분들이 모이기로 했나?"

순간 3일이라는 단어가 뜻하는 게 뭔지 파악을 하지 못했

다. 하지만 곧 자신의 이마를 손바닥으로 강하게 때린 데이비
드는,

"내 생일 파티가 있구나."

마법사가 되었다는 갑작스런 변화에 데이비드는 이미 한
달 전부터 예정되어 있는 자신의 생일 파티마저 잊고 있었던
것이다.

거기다 이번 생일 파티는 데이비드가 마스터에 올랐다는
것을 기념하기 위해 여왕이 직접 주최해서 친분이 있는 유럽
다른 국가의 귀족들도 초청한 대규모 파티이기도 했다.

씨익~

데이비드는 현중이 3일 뒤에 보자는 말에 자신의 생일 파
티에 온다는 것을 알아채고는 얼굴에 함박웃음이 피어났다.

현중의 생각이 어떤지는 모르지만 데이비드 자신이 생각
할 때는 조금씩이지만 현중에게 자신이 인정받고 있다는 느
낌을 받았기 때문이다. 물론 데이비드 혼자만의 생각이지만
말이다.

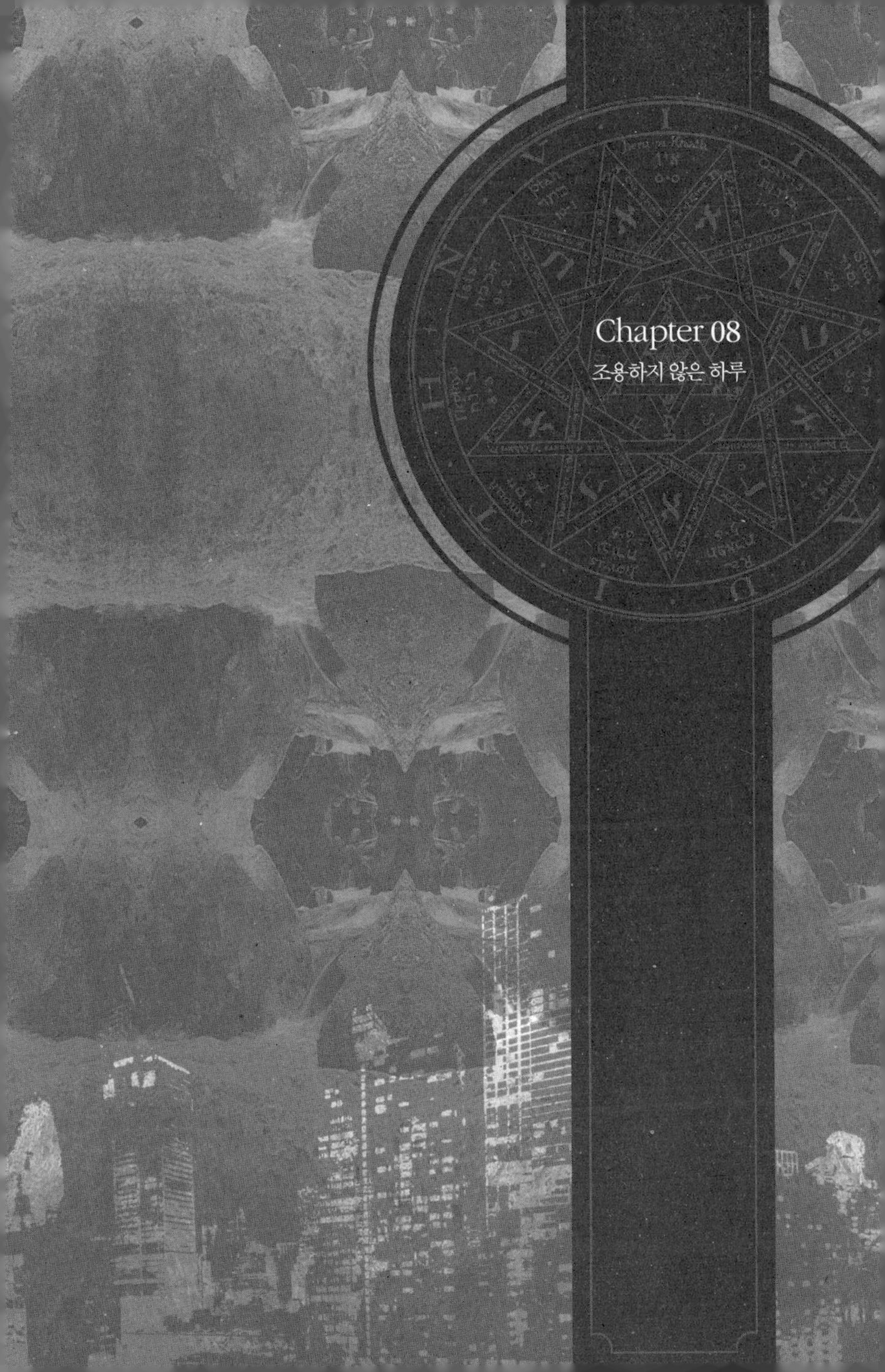

Chapter 08
조용하지 않은 하루

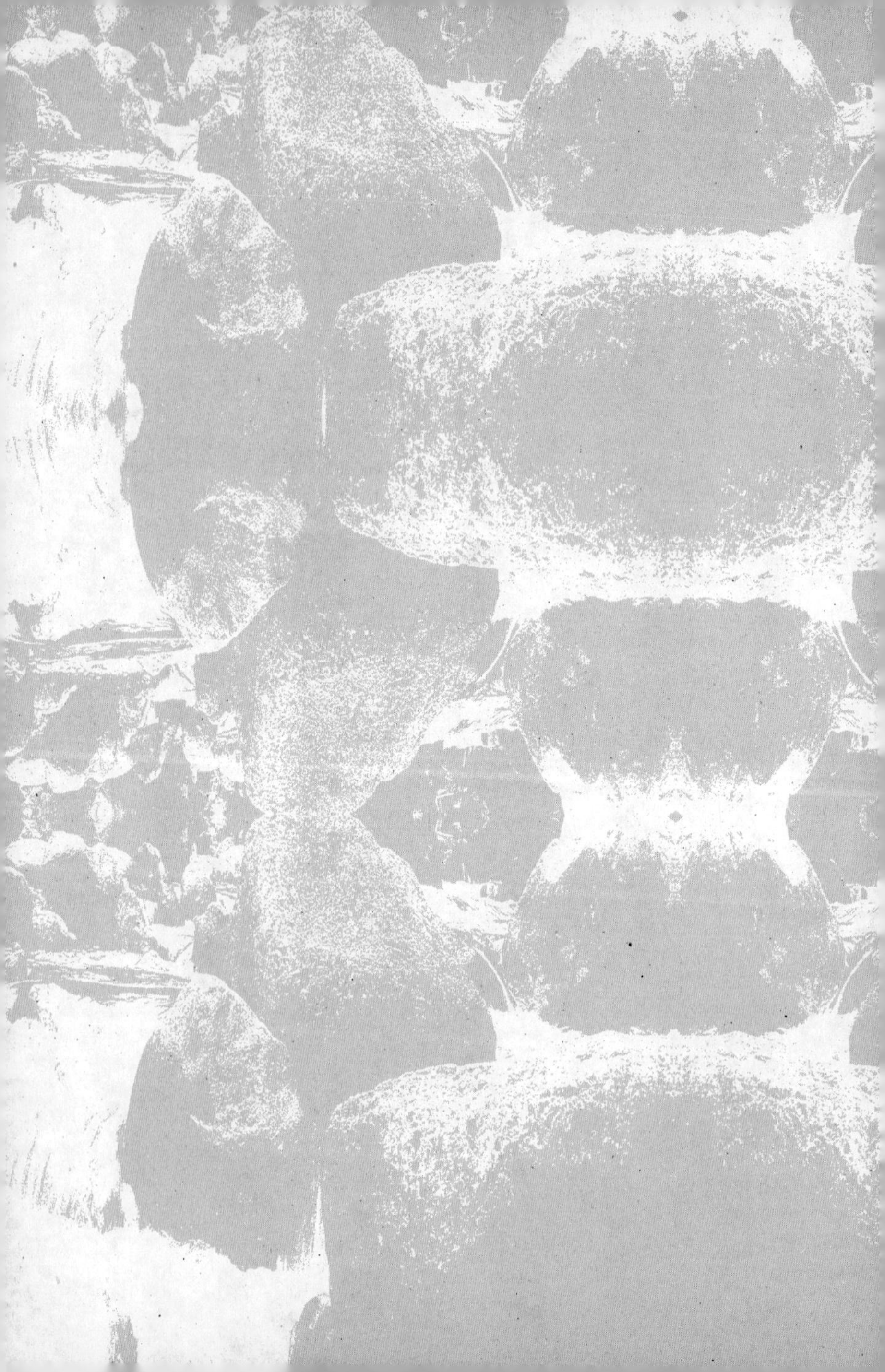

“뭔가 빠진 듯한데…….”

현중은 데이비드까지 보고 나서 잠시 생각을 정리할 요량으로 다시 한국으로 돌아와 있었다. 하지만 막상 한국으로 돌아왔지만 할 게 없었다.

학교는 아직 영국의 교환학생으로 되어 있는 상태였고, 대동그룹은 오희연이 알아서 지지고 볶고 할 테니 신경을 꺼버린 상태다.

즉, 심심하다는 말이다.

그런데 뭐랄까, 이상하게 뭔가 화장실 갔다가 뒤 안 닦고 나온 듯한 이 찝찝함이 뭔지 알 수가 없었다.

혹시나 해서 뭔가 자신이 빠뜨린 게 있는지 생각해 봤지만 도통 생각나는 것이 없다. 거기다 1년 만에 다시 돌아왔기에 별다르게 해야 할 것이 있는 것도 아니었다.

"뭘까? 무엇이 내가 지금 이렇게 뒤도 안 닦은 듯 찝찝한 기분이 들게 하는 거지? 꼭 뭔가 하나 빠진 듯한데 말이야."

현중이 드래곤도 아니고 아직 인간의 틀에서 벗어나지 못한 이상 능력이야 천지를 진동시킬지 몰라도 하는 행동은 평범한 사람과 크게 다를 게 없었다.

이처럼 뭔가 기억이 날 듯 말 듯하면서도 뒤가 구린 찝찝함이 남아 있는 것이 바로 증거였다.

"뭐 때가 되면 생각나겠지."

하지만 그렇게 깊게 생각하는 것도 결국 10분을 넘지 못했다.

현중에게 고민은 결국 고민일 뿐이었다.

풀어야 하는 숙제가 아닌 것이다.

정말 필요하고 자신에게 닥치는 고민이라면 결국 언젠가 고민거리가 먼저 다가오게 마련이다.

어떻게 보면 좀 천하태평인 성격일지도 모르지만 다른 쪽에서 보면 쿨한 성격으로 보일 수도 있었다.

물론 가까운 사람은 속이 터져 나갈지도 모르지만 말이다.

마침 도로 옆에 공원이 하나 보여서 그곳 나무 그늘에 자리를 잡고 앉았다.

"역시 아직 난 휴식이 필요한 단계인가?"

현중은 잠시 떠나 있던 1년 동안을 잠깐 생각하다가 곧 미간을 찌푸리고는 억지로 머릿속에서 지워 버렸다.

결코 떠올리고 싶지 않은 수련이었으니 말이다.

지금까지 현중은 자신이 스스로 익힌 치우천황무의 형의 단계인 북두가 가장 어렵고 힘들다고 생각했었다.

하지만 그건 내공의 단계인 사조성을 몰랐을 때나 가능한 일이다.

거기다 현중은 치우천황무를 거꾸로 익힌 상태였다.

그러다 보니 아주 요상하게 치우천황무가 꼬여 버리는 사태가 벌어져 버렸다.

어차피 치우천왕이 치우천황무를 만들 때 단계를 사조성을 먼저 배우고 북두를 익히는 것으로 만든 것 자체가 사조성을 배우지 않고는 북두를 익혀도 아무런 소용이 없기 때문이었다.

그런데 그런 치우천왕의 상식을 완전히 부숴 버린 것이 현중이다.

어떻게 보면 타고난 천재일지도 모르지만 현중이 북두를 익힌 과정을 들은 치우천왕은 큰 소리로 웃다가 딱 한마디 했었다.

[살아 있는 게 정말 천운이구나.]

이 말은 현중이 북두를 익히기 위해 했던 모든 수단과 방법이 한마디로 상식을 벗어난 미친 짓이라는 것이다.

그걸 현중은 뒤늦게 치우천왕의 입을 통해서야 알게 되었다.

솔직히 책 한 권만 달랑 주고는 살아서 고향으로 가고 싶으면 무조건 익혀야 하는 상황에 떨어진 현중에게는 선택의 기준 자체가 없었다.

무술을 아는 것도 아니었다. 그렇다고 마법을 배울 수 있는 것도 아니었다. 오로지 죽으나 사나 북두를 익히는 수밖에 없었다.

그리고 마법의 조종이라는 드래곤 로드의 능력 하나만 철석같이 믿고 미친 짓을 시작했기에 지금의 현중이 탄생하기는 했다.

그런데 문제는 바로 현중이 자기 멋대로 익혀 버린 북두 때문에 난감한 상황이 벌어져 버렸다.

사조성을 아무리 해도 익힐 수가 없었던 것이다.

그도 그럴 것이, 사조성으로 만들어진 내공이 먼저 현중의 몸에 자리 잡고 나서 북두를 익혀야 하는데 현중은 자기 멋대로 드래곤 로드의 힘을 빌려 강제로 자신의 몸에 마나를 쌓아 버렸다.

그 어떠한 일정한 규칙도 내공심법마다 마나가 흐르는 방법이 다르기에 내공심법이 바뀐다는 것은 한마디로 자신의 무공을 버리고 완전히 새로 배운다는 것과 다를 바가 없는 것이다.

[아이야, 넌 아무래도 사조성을 익히기가 불가능할 것 같구나.]

결국 현중은 살아남기 위해 익힌 치우천황무의 북두로 인해 꼭 필요한 사조성을 배울 수가 없게 되어버렸다.

이미 사조성이 들어가 자리 잡아야 할 현중의 몸속에 전혀 다른 마나가 들어와 스스로 길을 개척해 버렸기에 지금 와서 사조성을 다시 배우기 위해서는 현재 현중이 가지고 있는 모든 무공을 버려야 했다.

물론 버리고 새로 배울 수도 있었다.

하지만 그렇게 하기에는 시간이 부족했다.

현중은 어차피 이곳에 사조성을 익히기 위해 찾아왔을 때부터 최대 3년이라는 기간을 생각했다.

그 이상 자신의 시선에서 지구가 벗어난다면 카일라제가 뭔 짓을 할지 모르기 때문이다.

최대한 길게 잡은 게 바로 3년이었다.

막말로 지구가 카일라제의 손에 넘어갔다고 해도 현중이 3년이라는 기간 동안 사조성을 익혀서 치우천황무를 완벽하게 익히기만 한다면 얼마든지 역전이 가능하기 때문이다.

현중에게 지구의 인간들이 카일라제의 손아귀에 넘어가느냐 마느냐는 애초에 관심 밖이었다.

지독하게도 이기적이라고도 할 수 있지만 현중에게는 이게 맞았다.

세상을 홀로 살아온 현중은 대륙에서 살아가면서 드래곤의 사고방식에 어느 정도 물들어 버린 상황이라 일반적인 사회적 동물인 인간들과 어울려 살기보다는 드래곤처럼 위에서 내려다보는 삶이 익숙해져 버렸다.

거기다 드래곤의 지독한 이기적인 성격까지 많이 닮아버렸다.

"그럼 전 어떻게 해야 합니까?"

현중은 마음잡고 치우천왕에게 찾아온 지 단 5일 만에 자신이 사조성을 배울 수 없는 상태라는 것을 받아들이기로 했다.

자신이 이렇게 된 것은 당연히 현중이 지식도 없이 자기 맘대로 변형해서 익혀 버린 것 때문이긴 했지만 오히려 이런 것이 더욱 카일라제를 향한 현중의 복수심을 불태우는 계기가 되었다.

하지만 그건 뒤로 제쳐 두고라도 지금 당장 뭔가 방법을 생각해야만 했다.

카일라제를 막아야 하고, 막을 수 있는 유일한 존재는 현재 현중밖에 없기에 치우천왕도 전혀 생각지 못한 문제로 난감해하고 있었다.

억지로 사조성을 배우기 위해서는 현중이 현재 가지고 있는 마나를 모두 버려야 하는데 그건 도박이나 마찬가지였기에 그러지도 못했다.

진퇴양난인 셈이다.

[…아무래도…….]

치우천왕은 한참 현중의 몸을 살펴보면서 생각하고 또 생각하다가 결국 뭔가 결심을 한 듯한 표정을 하고는 현중에게 다가오더니,

[아이야.]

"네, 치우님."

[내가 만든 치우천황무는 버려야 할 것 같구나.]

"네? 그게 무슨 말씀입니까?"

유일한 희망이라고 생각했던 치우천황무를 버려야 한다니? 현중에게 있을 수 없는 일이었다.

하지만 치우천왕은 고개를 흔들면서,

[이미 네가 익히고 있는 것은 기본 틀은 내가 만든 치우천

황무가 맞을 것이다. 하지만 무공이란 그 무공을 유지하고 움직이는 내공의 흐름에 따라 아무리 같은 동작이라도 전혀 다른 무공으로 불린다. 그건 너도 알고 있지 않느냐?]

"그건 그렇습니다."

무공에서 중요한 것은 그 형태가 아니라 바로 무공의 뿌리가 되는 내공심법이다.

같은 찌르기 동작을 해도 그 찌르기 동작을 통해 마나가 움직이는 형태나 길이 다르다면 그건 다른 무공이 된다.

[이미 네가 스스로 변형할 때부터 현중 아이 네가 익힌 것은 치우천황무가 아니니라.]

치우천왕이 현중을 향해 단언하듯 말했는데 현중은 금방 알아듣지 못했다.

치우천왕무를 익히려면 현중은 자신에게 맞게 변형할 수밖에 없었다.

그래서 그렇게 한 것인데, 그 시점에 이미 치우천황무가 아니게 되었다고 하니 금방 알아듣지 못한 게 당연하다.

[아이야, 이미 너는 스스로 내공심법과 같은 역할을 하는 마나를 가지고 있단다. 그리고 그 마나를 가장 효과적으로 사용할 수 있는 방법도 익히고 있지 않느냐? 그런데도 내가 만든 치우천황무라고 할 수 있겠느냐?]

치우천왕의 말을 들은 현중은 마치 커다란 망치가 자신의 머리를 때리는 느낌을 받았다.

분명히 북두는 사조성이라는 내공심법이 없으면 절대로 사용할 수 없는 무공이라고 했다.

하지만 현중은 사용하고 있었다. 그걸로 대륙에서 마족을 때려잡았으니 말이다. 당연히 뭔가 말이 되지 않는 것이다.

내공심법이 꼭 필요한 무공을 익혀서 사용하는데 현중은 내공심법을 배운 적이 없다.

그럼 이게 어떻게 된 것이란 말인가? 배운 적이 없는 내공심법이 갑자기 생겨났을 리도 없다.

내공심법은 마나가 흐르는 길 하나만 잘못 자리 잡아도 무공 자체가 비틀어지는 경우가 비일비재했기에 모르는 이상 절대로 우연이라도 배울 수 없는 것이다.

"…그 말씀은 지금……?"

현중은 믿을 수는 없지만 뭔가 앞뒤가 안 맞는 것이 조금씩짜 맞춰지는 것을 느끼고는 중얼거리다가 치우천왕의 얼굴을 물끄러미 바라보았다.

그러자 웃는 표정으로 치우천왕이 고개를 끄덕였다.

[너 또한 나처럼 무공을 만든 것이다.]

"…설마……."

현중은 치우천왕의 말을 듣고 머릿속이 멍해지는 느낌이었다.

자신이 지금까지 알고 있고 각인하고 있던 치우천황무는 치우천왕이 만든 치우천황무가 아니라는 것이다.

치우천황무의 뿌리가 되는 내공심법인 사조성을 배우지 않은 치우천황무는 결코 본래의 치우천황무가 될 수 없었다.

아니, 절대로 불가능했다.

하지만 현중은 무식한 방법으로 그걸 강제로 익혀 버렸다. 자신에 맞게 변형해서 말이다.

그럼 어디서 도대체 잘못된 걸까?

현중은 자신이 치우천황무를 배우는 과정에서 무엇이 잘못되었는지 생각해 보았다.

처음 갓트리 대륙에 떨어진 날부터 말이다.

"……."

하지만 잘못된 시점을 찾는 것은 그리 어렵지 않았다.

카일라제가 현중에게 치우천황무를 넘겨주고 처음으로 따라 했을 때.

방법을 몰라 무식하게 시작했다가 온몸이 기형적으로 꺾여 피를 토하며 죽어갔을 때, 그 시점부터 이미 잘못된 것이다.

내공이 받쳐주지 않으면 절대로 익힐 수 없는 무공인 치우천황무의 북두는 억지로 익히려다가는 100% 주화입마로 죽는 무공이었다.

당연히 그 당시 현중은 주화입마로 인해 죽어가는 중이었
다.

하지만 그런 현중의 곁에는 만능치료사라 불리는 드래곤
로드가 있었다.

[리커버리~]

만능치료법이라고 불리는 절대 치료 마법인 리커버리를
사용해서 현중을 살려낸 드래곤 로드는 주화입마라는 특이한
증상으로 죽어가는 현중의 모습에 자신이 아는 최고의 치료
마법을 사용했던 것이다.

힐링도 전혀 효과가 없었기에 어쩔 수 없는 선택이었다.

리커버리는 정말 살아만 있다면 절대적으로 치료가 가능
한 만능 치료 마법이니 아직 죽지 않은 현중의 몸이 치료되는
것은 대륙의 상식에서 보면 당연한 결과였다.

물론 드래곤이니까 이게 가능한 것이지 일반적인 마법사
는 리커버리 한 번 쓰고 나서 몇 달은 앓아누워야 했을 것이
다.

그런데 우연인지 필연인지 현중은 다시 살아날 때마다 미
친 듯이 다시 카알라제가 남기고 간 책을 보면서 또다시 도전
했고, 그럴 때마다 100% 확률로 주화입마에 빠져 죽음의 문
턱을 수백 번, 아니, 수천 번을 넘나들었다.

물론 그때마다 5분 대기조로 드래곤 로드가 옆에서 리커버

리로 무조건 살려냈다.

드래곤 로드도 자신들의 주신이 데리고 온 이방인이 죽어버리면 곤란하기 때문에 어쩔 수 없었다.

수없이 그렇게 죽을 고비를 넘기다보니 현중도 학습하기 시작했다.

아무리 무공을 모르는 평범한 사람이라고 해도 그 정도로 당했으면 머리를 굴리는 것은 당연했다.

그는 생각하고 또 생각하다가 방법을 떠올렸다.

치우천왕이 남긴 책에서 동작을 하나씩 빼기 시작한 것이다.

그리고 그 빼버린 동작을 대신해서 자신에게 편하고 안전한 동작을 대신 집어넣기 시작했다.

즉, 현중이 치우천황무의 북두를 비틀기 시작한 것은 바로 현중이 생각할 수 있는 유일한 방법이기 때문이었다.

아주 기본이 되는 동작부터 이거저것 빼고 다른 걸로 대체하다 보니 기본 뿌리는 치우천황무의 북두이지만 실제로 현중이 익힌 것은 비슷하면서도 전혀 다른 무공이 되어버렸다.

거기다 우연인지 필연인지 현중이 주화입마에 빠져서 되살아날 때마다 드래곤 로드가 시전한 리커버리 마법의 잔존 마나가 현중의 몸에 조금씩 쌓여가기 시작했다.

처음의 시작은 정말 눈에 보이지도 않을 만큼 적은 양이었지만 그것이 수백 번, 수천 번을 반복하다 보니 중첩되어 버린 것이다.

그리고 현중의 몸에서 마나 또한 변화를 일으켰다. 자신이 머물고 있는 몸에 적응하기 시작한 것이다.

카일라제가 의도하지 않았을지 몰라도 우연과 필연이 겹치고 겹쳐서 결국 현중은 치우천황무를 익힌 것이나 다름없는 상태가 되었다.

물론 본래 신을 죽이는 무공으로 위력이 엄청나던 치우천황무가 아닌 본래의 위력에 반도 안 되는 위력을 가진 치우천황무가 되긴 했지만 말이다.

[현중 아이야.]

"네, 치우님."

[이제 네가 알던 치우천황무는 모두 잊어버려라. 그리고 찾아야 한다. 네 스스로 지금의 능력을 최소한 두 배에서 세 배는 끌어올릴 수 있는 방법을 말이다.]

비틀어 버려 결론적으로 치우천황무가 아닌 것을 익힌 현중에게 더 이상 치우가 해줄 수 있는 것은 그런 충고가 다였다.

세상만사 뜻대로 흘러가는 것이 없다는 것은 현중이 이미 경험으로 알고 있지만 설마 가장 필요한 시기에 가장 가까이 있던 것이 이런 식으로 배신할 줄은 몰랐다.

이제 와서 모든 것을 버리고 새로 시작하기에는 너무나 시간이 부족했다. 그럼 결론은 현중 스스로 익혀 버린 치우천황무, 아니, 치우천왕의 말대로라면 현중천황무를 어떻게든지 폭발적으로 위력을 늘리는 방법을 찾아야만 했다.

[현재 너의 능력은 내가 완벽하게 치우천황무를 익혔을 당시에 비하면 6할이 모자란다. 그러니 최소 세 배까지 위력을 늘려야 한단다.]

현중이 멋대로 동작을 바꾸면서 비틀어 버린 것이 실제 치우천황무의 위력에 턱없이 모자란 짝퉁으로 전락한 결과였다.

그리고 절대로 짝퉁은 진품을 이길 수 없는 세상의 법칙에 무공도 별반 다를 게 없다는 결론이 나왔다.

결론적으로 현중이 1년 동안 잠수 타버린 기간은, 사조성을 배운 게 아니라 수단과 방법을 가리지 않고 현재 자신이 익히고 있는 무공의 위력을 폭발적으로 늘리는 방법을 찾는 기간이었다.


"휴우, 다시는… 무공을 멋대로 건드리지 말아야지."

현중은 지금 생각해도 그때 자신이 멋대로 무공을 뜯어 고친 것이 얼마나 미친 짓이었는지 후회하는 중이었다.

이유야 어찌 되었든 지금은 현중에게 불행이 되어버렸으

니 말이다.

"날씨 좋네."

현중은 잠깐 생각했던 과거의 일은 저 멀리 기억 저편으로 날려 버리고는 나무 그늘에 조용히 앉아 여유를 만끽했다.

끼이이이이이이익!!

머릿속을 비우고 나무들 사이로 비치는 햇살을 감상하려고 하는 찰나 엄청난 소음과 함께 자동차가 급정거하는 소리가 들렸다.

거기다 현중의 예민한 코로 들어오는 고무 탄 냄새까지.

현중은 자신도 모르게 얼굴을 찡그렸다.

아무래도 도로가에 위치한 공원이기에 인도와 자그마한 나무로 이루어진 울타리가 경계를 나누고 있긴 하지만 이 정도 급정거를 한 자동차의 타이어 마찰음이라면 그보다 훨씬 멀리 있었더라고 충분히 들렸을 것이다.

그리고 그 증거로 현중뿐만이 아니라 이곳에 있던 모든 사람의 시선이 소리가 들린 쪽으로 향했다.

"뭐야?"

"사고 난 거야?"

한국 사람들은 좀 특이한 성격 탓인지 싸움 구경과 불구경, 그리고 뭔가 갑작스럽게 일어난 사고 같은 것에 노골적으로 호기심을 표현하는 편이다.

거기다 운이 없는 건지 현중이 앉아 있는 자리 바로 정면에서 급정거하는 소리가 들렸으니 조용하게 앉아서 잠깐의 휴식을 취하려던 현중의 계획은 한순간에 저 멀리 날아가 버렸다.

결국 현중도 일어나서 자신의 간만의 휴식을 방해한 것이 뭔지 보기 위해서 발걸음을 옮겼고, 큰 키 탓인지 현중이 일어서자마자 한눈에 보였다.

다만 사람들 때문에 일부러 도로 쪽으로 자리를 옮겼을 뿐이다.

"사고는 아니군."

뭔가 충돌하는 소리도 들리지 않았고, 비릿한 피비린내도 퍼지지 않았으니 사고가 난 것은 아닌 듯했다.

하지만 거의 10m 이상 검은색의 타이어 자국이 도로에 그려져 있는 것을 보니 어지간히 달리다가 급정거를 했다 싶어 관심을 끄고 고개를 돌리려고 했다.

그런데,

"야!! 이 미친 할망구야!! 죽으려고 작정했어!! 어디 도로에 뛰어들어!! 미친년아! 죽으려면 혼자 죽어!!"

남자의 고성이 현중의 귀를 때렸다.

현중은 그냥 모른 척하려고 했지만 역시나 그놈의 오지랖 때문인지 다시 고개를 돌려보니 뭔가 이상했다.

지금 차가 서 있는 곳은 횡단보도 중간이었다.

그리고 유모차 같은 것을 밀고 가는 할머니가 서 있는 곳 또한 횡단보도였다.

거기다 웃기게도 현재 신호등은 녹색으로 보행자가 다니라는 신호까지 깜박이고 있다.

"저 썩을 놈을 보게."

"세상이 말세지 말세야."

"저런 녀석을 낳고도 부모는 미역국 처먹었겠지. 나 참."

다들 누가 봐도 운전자가 잘못한 것이 확실한 상황이었지만 뒤에서 웅성거리면서 떠들기만 할 뿐 그 누구도 미친 황소마냥 할머니에게 욕하면서 삿대질하는 남자를 향해 다가가는 이가 없었다.

간혹 신고하는 사람이 보이긴 했지만 신고를 받고 경찰이 도착한다면 저 녀석은 이미 떠나고 없을 것이다.

텅! 텅!

남자는 욕을 하면서도 자신의 분이 풀리지 않는지 지팡이 역할을 하는 듯한 할머니의 낡은 유모차를 발로 차면서,

"얼른 비켜! 신호 바뀌었잖아, 늙은이야! 이 차가 얼마짜린지 알아?"

텅!

"아, 씨파! 이런 게 긁히기라도 하면 늙은이 장기를 팔아도

수리비도 못 내, 이 늙은이야! 얼른 꺼져!!"

도로 한복판에서 차에서 내려 늙은이에게 뭔가 화풀이하는 듯한 미친 듯 난리치는 남자의 모습은 점점 도를 넘어서고 있었고, 주변 사람들이 웅성거리는 소리도 제법 크게 울렸다.

거기다 남자가 차를 세운 곳이 좌회전 신호를 받는 1차선이라 뒤에서 다른 차들은,

빵-빵!!

빵-빵-빵!!

"얼른 차 빼!!"

지금 앞의 상황을 보면서도 경적 소리만 요란하게 울릴 뿐 그 누구도 내리는 이가 없었다.

그런데 현중의 눈에 이상한 게 보였다. 가장 앞줄에 학생으로 보이는 교복 입은 여자애 서너 명이 가방에서 서둘러 W패드2를 꺼내는 것이 아닌가?

그러더니 지금 이 장면으로 촬영하기 시작했다.

W패드2는 후면에 300만 화소의 카메라가 장착되어 밝은 날에는 어느 정도는 화질이 괜찮은 사진이나 동영상을 촬영할 수 있도록 만들어져 있었다.

하지만 그 누구도 횡단보도의 녹색 신호가 거의 꺼져 가는 지금까지도 할머니에게 선뜻 다가가는 이가 없었다.

저벅.

　모두가 뒤에서 수군거리면서 남자를 욕할 뿐 나서지 않고 있을 때 사람들을 헤치고 성큼 걸어가는 이가 있었으니 바로 현중이었다.

　"테른."

　―네, 마스터.

　현중이 부르자 테른은 상황이 그런지라 모습을 드러내지 않고 그림자에서 현중의 부름에 대답했다.

　"침묵시켜라."

　―알겠습니다.

　현중의 명령이 떨어지자마자 지금 이런 패륜적인 모습을 촬영하던 여학생들의 W패드2가 갑자기 전원이 나가 버리더니 고장이라도 난 듯 먹통이 되었고, 그뿐만 아니었다.

　사람들이 들고 있는 휴대폰부터 전자기기는 모조리 테른이 움직인 순간 현중을 중심으로 200m 반경으로 완전 침묵해 버렸다.

　저벅저벅.

　현중의 걸음걸이는 그렇게 빠르지도 않았지만 그렇다고 느리지도 않았다.

　하지만 신호등부터 모든 전자기기가 갑자기 침묵을 해버리면서 대기하고 있던 자동차의 시동까지 일순간 꺼져 버렸다.

“이거 왜 이래, 갑자기?”

멀쩡하던 차가 갑자기 조용해지는 모습에 신호 대기 중이던 운전자들은 당황했고, 서둘러 키를 돌려봤지만 시동이 걸릴 리가 없었다.

테른이 현대전에서 만든 전자기 펄스 무기인 EMP와 비슷한 효과를 지닌 마법을 펼친 것이다.

본래는 이런 마법이 없었다. 왜냐하면 대륙에서는 전자기기가 없으니 말이다.

하지만 지구로 넘어온 테른은 전자기기에 치명적인 약점을 알아채고는 언젠가 쓸모가 있을 것 같다는 생각에 라이트닝 마법을 충돌, 상쇄시키는 과정에서 전자기 펄스 무기 EMP와 같은 효과를 지닌 마법을 만들어낸 것이다.

현중의 명령으로 만든 지는 제법 되지만 처음으로 사용했는데 효과는 정말 대단했다.

테른의 마법이 시전되는 순간 현중을 중심으로 반경 200m의 모든 전자기기가 죽어버린 것이다.

“뭐야? 갑자기 왜 이래?”

남자는 실컷 할머니에게 분풀이를 하고는 다시 자신의 차에 올라타 애마에서 뿜어져 나오는 우렁찬 엔진 소리를 자랑하기 위해서 키를 돌렸다.

탈각.

"뭐야? 왜 시동이 안 걸려?"

지금까지 이런 적이 없었기에 남자는 당황하고는 몇 번이고 다시 시동을 걸기 위해 키를 돌렸으나 묵묵부답이었다.

"아, 씨파! 이제는 이것까지 말썽이네! 왜 이러냐! 정말 쪽 팔리네. 도로에서 시동이 안 걸리고."

남자는 자신이 도로에서 욕하고 패륜적인 행동을 한 것은 아무렇지도 않아했지만 도로에서 완전히 침묵하고 있는 자신의 차에게는 엄청난 부끄러움을 느끼는 이상한 정신 상태를 가지고 있었다.

"할머니."

현중이 느긋하게 걸어서 할머니 곁으로 다가가자,

"누구⋯⋯?"

할머니가 고개를 들어 현중을 바라봤다.

그런데 현중은 할머니의 얼굴을 보는 순간 뭔가 이상했다. 낯이 익다고 해야 할까? 어디선가 본 듯한 얼굴인 것이다. 그런데 누군지 쉽게 생각나진 않았다.

절뚝.

다리가 불편한지 발목을 절뚝거리면서 주름진 손으로 낡아버린 유모차를 꼬옥 쥐고 있는 모습이 현중의 눈에 가장 먼저 보였다.

그리고 조금 전 남자가 발로 차서 부서진 듯 유모차 옆구리

의 플라스틱으로 만들어진 구조대가 너덜거리는 모습도 보였
다.

"젊은 사람이 무슨 꼴 당하려고. 얼른 가요."

할머니는 지금이라도 차에 올라탄 그 녀석이 다시 나와서
혹시라도 현중에게 해코지라도 할까 봐 손사래를 쳤다.

씨익~

현중은 그런 할머니의 모습에 웃으면서 할머니의 등에 손
을 올리고는 자신의 마나를 살짝 주입했다.

화르르르르.

현중의 마나가 할머니의 몸속으로 들어가자마자 순식간에
혈류를 따라 이동하면서 구부정하던 할머니의 허리가 천천히
펴지기 시작했다. 거의 꼽추로 굽어져 있던 허리가 완전히 정
상인처럼 펴져 버렸다.

"…이게… 무슨 일이……."

할머니 본인도 자신의 변화에 눈을 부릅뜨면서 무의식적
으로 힘겹게 잡고 있던 유모차에서 손을 떼더니 두 발로 걸었
다.

저벅저벅.

절뚝거리던 할머니의 다리가 너무나 편안해지며 걷는 데
아무런 불편이 없었다.

지금까지 땅에 다리를 디딜 때마다 찌르는 듯한 고통이 괴

롭혀 왔었다.

　하지만 살아 있는 목숨이라고 입에 풀칠이라도 하려면 어떻게든 폐지라도 주워서 고물상에 팔아야 그나마 목숨을 연명할 수 있는 현실이기에 자신의 아픈 다리보다 죽지 못해 어쩔 수 없이 사는 지금의 인생이 더욱 괴로웠던 할머니다.

　"젊은이… 내가 걷고 있네. 두 발로…….”

　유모차 없이 한 발자국도 제대로 걷지 못했던 세월이 벌써 5년이다. 두 발로 당당하게 걷는다는 것은 이미 포기했던 할머니는 놀라면서도 어리둥절한 상황에 도로 한복판이라는 것도 잠시 잊은 듯했다.

　"가시죠."

　현중은 할머니가 놓아버린 유모차를 자신이 끌면서 할머니를 데리고 길을 건넜다.

　할머니를 안전하게 자리를 잡게 하고 나서 다시 조금 전 서 있던 곳으로 걸어나왔다.

　틱틱틱.

　아직까지도 남자는 자신의 애마가 오늘 따라 왜 이리 애를 먹이는지 있는 성질 없는 성질을 다 부리면서 급기야 핸들을 양손으로 힘껏 두들기기까지 했다.

　쾅쾅쾅!!!

　"젠장할! 왜 이래, 이거! 점검 받은 지 일주일도 안 지났는데 왜 갑자기 시동이 죽어버리는 거야!!"

지금 남자는 시동을 다시 거는 데 집중한 나머지 현중이 할머니를 데리고 길을 건넜다는 것도 몰랐고, 현재 현중이 남자의 앞에 서서 자신을 물끄러미 내려다보고 있다는 것도 몰랐다.

"빌어먹을!!"

급기야 시동이 걸리지 않자 자신의 성질을 이기지 못한 남자는 거칠게 차문을 열고 나오더니,

쾅!

마치 차문을 부숴 버릴 듯한 기세로 신경질적으로 문을 닫았다. 하지만 비싼 차인지 크게 이상은 없어 보였다.

주변을 살펴본 남자는 자신의 차 외에도 뒤에 대기하던 차들과 옆에 신호를 기다리던 수십 대의 차까지 멈춰 서서 움직이지 못한다는 것을 알게 되었다.

"이거 뭐야? 왜 이래?"

자신뿐만이 아니었다.

주변에 있는 모든 차의 운전자들도 시동을 걸려고 온갖 수단을 다 동원하지만 결국 실패하고 차에서 내리는 사람들이 하나둘씩 보이고 있으니 말이다.

상황이 이렇게 되자 남자는 뭔가 이상한 것을 눈치챘다. 자신의 차만 그렇다면 차에 이상이 있다고 하겠지만 수십 대의

차가 동시에 시동이 죽어버린 채 꿈쩍도 하지 않는 것은 상식적으로 납득이 가지 않았다.

그리고 반대편 차선에도 상황은 다를 게 없었다.

한참 뒤에야 남자는 자신의 차 앞에 현중이 막아서듯 서 있는 것을 보았다.

"이 새끼는 뭐야?"

가뜩이나 짜증나서 어디다 화풀이할 곳이 없나 찾고 있던 남자의 시선에 기분 나쁘게 자신의 차 앞을 막아서듯 서 있는 현중의 모습은 좋은 먹잇감에 불과했다.

"야! 너 뭐야?"

남자는 다짜고짜 현중의 앞으로 다가갔다가 자신보다 머리 하나가 큰 현중의 키 때문에 순간 움찔하더니 슬그머니 몇 발 뒤로 물러섰다.

"비켜!"

그의 목소리는 조금 전보다는 슬쩍 기가 죽어 있었다.

그런데 그런 남자의 모습에도 현중은 남자의 말은 들은 체 만 체하더니 차만 유심히 바라보고 있다.

그제야 남자도 자신의 차를 살펴보는 현중의 모습에,

'이 새끼, 내 차가 부러운가 보군.'

남자는 키에서 살짝 죽었던 기가 살아나기 시작했다.

그런데 찬찬히 남자의 차를 살펴보던 현중은 마치 바람 빠

지는 듯한 웃음소리를 내더니,

"크큭. 뭐야? 싸구려잖아."

"……!!"

남자는 현중을 가소롭다는 듯 지켜보다가 갑자기 현중의 말을 듣고는 얼굴이 일그러졌다.

"이 새끼가! 너 차를 얼마나 볼 줄 알기에 싸구려라는 헛소리를 지껄이는 거야!"

현중은 흥분해서 난리치는 남자를 슬쩍 아래로 내려다보면서 피식 다시 한 번 바람 빠지는 듯한 웃음을 지었다.

그런데 지금 남자의 눈에는 현중이 슬쩍 지어 보인 웃음이 그 어떤 욕보다 더 기분이 나쁘게 보였다.

"이 새끼, 너 지금 나한테 시비 거냐? 눈까리를 확 파줄까?"

손가락으로 현중의 눈을 찌를 것처럼 행동하는 모습에 현중은 오히려 눈 하나 깜짝하지 않고 가만히 바라보다가,

"인간 같지도 않은 녀석이군."

"뭐, 뭐, 뭐라고?"

아주 작정하고 남자의 성질을 건드리는 듯한 현중의 도발에 결국 입에 거품을 물고 눈동자가 뒤집혀 버린 남자는 현중을 향해 무작정 달려들었다.

하지만,

퍼걱!

털썩.

현중은 보지도 않고 왼쪽 팔을 그대로 뻗어 남자의 턱을 정확하게 날려 버렸다.

남자는 현중의 주먹의 위력에 마치 다이빙 선수가 몸을 비틀어 떨어지듯 허공에서 몸이 한 바퀴 돌면서 끈 풀린 연처럼 그대로 아스팔트 바닥에 내동댕이쳐졌다.

꿈틀꿈틀.

그래도 죽지는 않았는지 온몸을 약간은 들썩거리듯 꿈틀거리기는 했지만 누가 봐도 당장 앰뷸런스를 불러야 할 것 같은 상황이었다.

저벅.

남자를 가볍게 날려 버린 현중은 처음부터 남자에게는 관심조차 없었기에 돌아보지도 않고 남자의 차 가까이 다가가더니,

꽈악!

주먹을 야무지게 움켜쥐고는, 마치 태권도 격파 시범을 보일 때처럼 일순간의 망설임도 없이 맨주먹을 쇳덩이로 만들어진 차의 보닛 위에 찍었다.

쾅!!

콰지직! 콰지직!

자동차가 쇠로 만들어졌다는 것을 믿기 힘들 만큼 가볍게
현중의 주먹은 어깨까지 깊이 박혀 버렸다.

그런데 거기서 끝이 아니었다.

우지끈! 콰지직!

현중은 팔을 빼면서 차의 심장이라고도 할 수 있는 엔진을
차에서 맨손으로 뜯어내 버렸다.

“……!!”

“……!!”

어쩌다 보니 지금의 모든 장면을 구경하게 된 사람들과 주
변의 운전자들은 자신들이 무슨 TV 마술쇼를 보는 것이 아닌
지 착각할 지경이었고, 몇몇은 눈을 비비고 다시 보기도 했
다.

하지만 변함없이 현중의 손에는 엄청난 무게로 인해 기계
없이는 차에서 분리하는 것조차 불가능한 엔진이 들려 있었
다.

그는 가볍게 들더니 양손으로 잡고 일그러뜨리기 시작했
다.

우지지직! 우지지직!

마치 종이를 구기듯 너무나 쉽게 현중의 손 안에서 엔진이
구겨졌다.

몇 번 힘을 주지도 않았는데, 잠시 후에는 원래의 형태도

알 수 없는 고철 덩어리 하나가 그의 손에 들려 있었다.

"이제야 좀 개운하군."

콰앙!

현중은 그 말을 끝으로 고철덩이가 된 엔진을 본래 있던 자리에 돌려놓고는 손을 탁탁 털었다.

"테른, 지금 이 자리에 있는 목격자의 기억을 모두 지워라."

현중이 그 말을 끝으로 사라져 버렸다.

"사라졌어……."

구경꾼들은 현중이 사라지자 웅성거림이 커지기 시작했다.

그때,

쩌저적! 쩌억!!

마른하늘에 갑자기 무언가 번쩍이더니,

우르릉!! 쾅쾅!!

방금 현중이 엔진을 주물럭거린 자동차 위로 커다란 번개가 떨어졌다.

그런데 번개가 마치 살아 있는 듯 사방으로 퍼지더니 정확하게 현중을 목격한 사람들이 있는 곳까지만 퍼지고는 순식간에 사라져 버렸다.

치지직, 치익!

털썩! 털썩! 털썩!

마늘하늘에 번개가 사라지고 나자 약속이나 한 듯 사람들이 그대로 바닥으로 쓰러졌고, 그나마 현중을 보지 못했다는 이유 하나로 무사한 나머지 사람들이 다급하게 신고를 해서 대낮에 번개로 인해 수십 명의 사망자 속출이라는 최악의 경우는 피할 수 있었다.

하지만 나중에 깨어난 모든 사람들이 자신들이 왜 기절했는지, 무엇 때문에 공원에 있었는지도 기억하지 못하는 단기 기억 상실 증상을 보여주어 살짝 떠들썩하긴 했지만 조용하게 사람들 뇌리에서 사라져 버렸다.

그리고 어쩌다 보니 말하기 좋아하는 사람들에게는 이상하게 각색이 되어 마른하늘에 번개가 내려 모든 사람의 기억을 지워 버린 외계인의 소행이라는 소문이 퍼지기 시작했다.

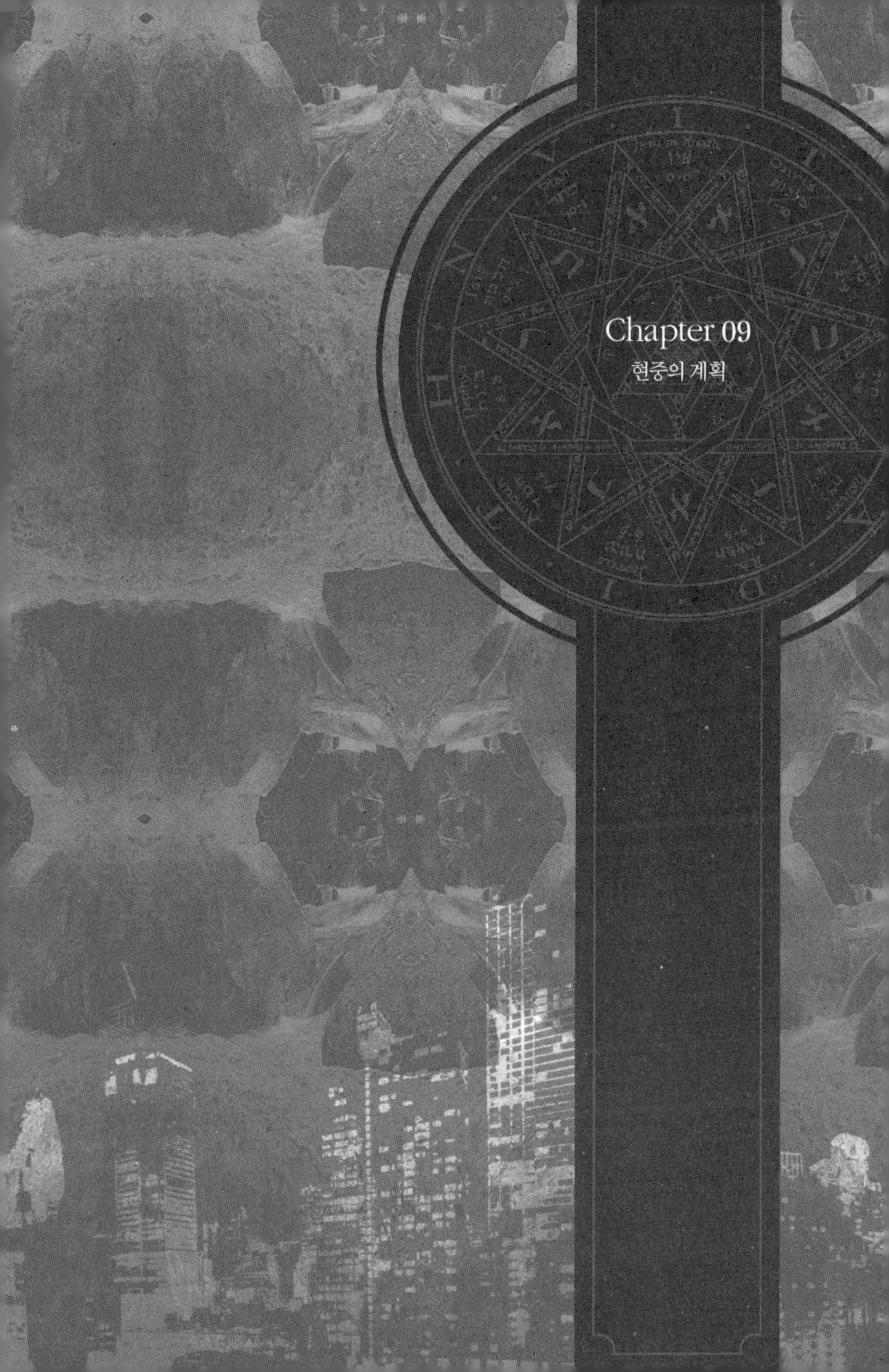
Chapter 09
현중의 계획

“멋진데요?”

마리아는 자신이 디자인을 골랐지만 역시나 탁월한 선택이었다고 다시 한 번 생각했다.

“그래요?”

현중은 마리아가 가져온 파티복을 입고는 거울 앞에 섰다.

하지만 원체 패션에는 크게 감각이 없는 현중인지라 자신이 현재 멋진지, 옷이 얼마나 잘 어울리는지는 알 수 없었고, 오직 하나, 옷이 얼마나 편한가에만 신경 쓰고 있었다.

현중이야 그러든가 말든가 마리아는 현중의 곁으로 다가

오더니 상의 칼라를 살짝 만졌다가 다시 거울을 보면서 짝 박
수를 한 번 치더니,

"굿!"

엄지손가락을 들어 현중에게 보여주자 현중은 그냥 웃어
버렸다. 뭐 옷을 해준 사람이 좋다는데 굳이 다른 말 할 이유
가 없었던 것이다.

거기다 보기에는 정말 불편해 보이는 파티복이었는데 막
상 입어보니 웬만한 세미 정장보다 움직이기 편했다.

나름 센스 있는 마리아가 알아서 맞춘 것인지 아니면 그만
큼 현중의 신체 사이즈를 모두 알고 있는 것인지 모르지만 마
치 현중이 가서 직접 맞춰 입은 듯한 편안함과 함께 한 치의
오차도 없이 딱 맞아떨어진 것이다.

"가요."

마리아가 슬쩍 현중의 팔에 자신을 팔을 끼워 넣었다. 현중
이 그 모습을 보다가 아무렇지 않게 걸어가자 그녀는 내심 속
으로 쾌재를 불렀다.

'성공!'

파티 장소가 어딘지 모르는 현중은 마리아가 에스코트하
는 대로 차에 올라탔고, 차가 출발하자 잠시 침묵이 흘렀다가
마리아가 입을 열면서 침묵이 깨어졌다.

"현중 씨."

“네.”

“정말 실행할 건가요?”

마리아는 이번 파티에 현중이 참석하는 목적에 대해서 이야기하는 것이다.

“당연히 해야죠.”

“하지만 만약에 정말 오리하르콘으로 만들어진 포세이돈의 동상이 아르카임 스톤헨지에서 발견되면요, 상황은 정말······.”

만약에 오리하르콘으로 만들어진 포세이돈의 동상이 발견되지 않는다면 그저 사교계에 떠도는 소문 중 하나로 사라질 수도 있었다.

하지만 만약에 발견된다면 소문이 진실이 되어버릴 것이고, 그 후에는 그 누구도 예상하지 못한 전개가 벌어질 수도 있었다.

실제로 사교파티에서 소문으로 떠돌던 것이 사실로 밝혀져 국제 정세에 영향은 준 경우가 제법 많았다.

특히나 유럽은 귀족 의식이 아직 남아 있는 편이라 이런 사교파티에서 정보를 공유하는 경우가 비일비재했기에 마리아는 걱정하는 것이다.

물론 현중의 능력을 알고 있기에 현중의 계획을 돕기는 하지만 역시나 예상치 못한 변수가 언제 나타날지 모르기에 불안한 것은 어쩔 수 없었다.

MI-6의 정보를 총동원해서 현중의 계획대로 실행해서 만약에 오리하르콘으로 만들어진 포세이돈의 동상이 발견된다면 하는 가정에 시뮬레이션을 돌려봤다.

그런데 그 결과가 웃기게도 '측정 불가'로 나왔다.

하지만 압도적으로 높은 확률로 전쟁이 벌어질 것이라는 통계는 몇 번을 해도 변함이 없었다.

그리고 그 측정 불가라는 결과는 전쟁의 결과를 말한다는 것을 알기까지는 그리 어렵지 않았다.

마리아는 머릿속으로 세계 3차대전까지 생각하는 중이었다.

최악의 경우 전 세계가 움직일 수도 있었다.

아니, 그럴 확률이 컴퓨터 시뮬레이터를 통하지 않아도 예상 가능했다.

미국과 중국, 러시아와 유럽연합만 움직여도 이미 세계 3차대전이 벌어진 것이나 다름이 없으니 말이다.

물론 영국은 마리아가 무슨 수를 써서라도 전쟁의 개입을 막을 것이다.

지금 눈앞의 현중을 적으로 만나는 것만큼은 절대로 상상조차 하기 싫은 일이니 당연했다.

어쩌면 베이스퍼도 막을지 모른다. 하지만 베이스퍼는 마리아와 달리 미국에서 입김이 크게 작용하지 않는 위치였기에 막지 못할 것이다.

마리아는 도대체 신중하면서도 때로는 주변의 모두를 놀라게 할 만큼 치밀한 현중이 이처럼 무모하다 싶은 작전을 구상하고 밀어붙이는지 궁금했지만 쉽게 물어보지 못했다.

어차피 현중의 성격상 물어보아도 가르쳐 주지도 않을 것을 마리아는 알고 있었으니까.

끼이익!

현중과 마리아를 태운 리무진이 한 시간가량 달려 도착한 곳은 여왕이 별채로 사용하고 있는 고성이었다.

이미 데이비드의 생일 파티 준비가 한창인 듯 고풍스러운 성 주변에는 사람들의 발걸음 소리와 인기척으로 요란스러웠다.

"오셨습니까."

집사인 콜린이 익숙한 표정으로 마리아와 현중에게 인사를 하고는,

"여왕 폐하께서 기다리고 계십니다."

"네, 안내해 주세요."

역시나 여왕은 제법 이른 시간에 도착한 현중과 마리아보다 먼저 와서 기다리고 있었다.

콜린은 회색빛의 정문을 지나 붉은 카펫이 깔린 계단을 따

라 성의 가장 높은 층으로 올라갔다.

의외로 소박하면서도 철이 덧대어져 있어 안에서 문을 잠그면 부수고 들어간다고 해도 제법 시간이 걸릴 듯 튼튼한 문 앞에 마리아와 현중을 세워두고는,

"전 이만 집사로서 오늘 파티를 책임져야 할 위치라서 실례하겠습니다."

콜린은 정중한 사과와 함께 그대로 뒤도 돌아보지 않고 가버렸다.

본래는 콜린이 여왕에게 손님이 왔다는 것을 알리고 나서 물러나는 게 예의다.

그걸 마리아도 잘 알고 있기에 도망치듯 사라지는 콜린의 모습에 고개를 살짝 갸웃거렸지만 우선은 별 의심 없이,

똑똑.

마리아가 문 앞에서 노크를 하자,

"들어오세요."

여왕의 목소리가 들렸고, 허락이 떨어지자 문을 열고 들어갔다.

그런데 안으로 들어간 마리아는 여왕이 혼자가 아니라는 것에 잠깐 멈칫하더니 곧장 귀족의 예법으로 약식 인사를 했다.

"영국의 마리아 스핀 바로슈 백작, 여왕 폐하의 부름을 받

고 도착했습니다."

"오랜만이군요."

여왕은 마리아의 인사를 웃는 얼굴로 받은 다음 현중을 보면서 뼈 있는 한마디를 했다.

그렇지만 현중은 웃으면서,

"오랜만에 뵙습니다, 여왕 폐하. 그런데 선객이 있는 줄을 몰랐습니다."

다들 나이가 있어 보이는 남자가 세 명이나 더 있는 모습에 슬쩍 말을 흘리자 여왕은,

"어차피 상관없으니 자리에 앉으세요."

마리아는 현재 여왕과 함께 있는 세 명의 중년 남성을 아는 듯 조용히 고개를 숙여 인사했다.

현재 이곳의 최고위에 있는 사람은 바로 여왕이다.

그리고 마리아는 여왕의 직속 부하이자 여왕의 귀족이니 여왕에게는 소리 내어 인사를 하지만 그 외 다른 귀족에게는 고개만 숙여 살짝 인사를 표시했다.

여왕에게 인사하는 것보다 최대한 간소하게 인사하는 것이 바로 귀족의 예절이었다.

즉, 왕이 함께 있는 자리에는 왕에게만 인사를 하고 그 외 아래 귀족들은 그 누구라도 가벼운 목례만 하는 것이 여왕의 권위를 인정하는 것과 동시에 여왕의 신하라는 것을 표현하

는 방법이고 전통이었다.

"그럼 하던 이야기를 계속할까요?"

여왕은 현중을 한번 보고는 눈웃음을 짓더니 슬쩍 현중과 마리아가 오기 전까지 나누던 이야기를 계속하자고 했다.

그런데 오히려 여왕과 달리 중년의 세 남성은 현중을 슬쩍 바라보더니,

"여왕 폐하, 외부인이 있는 곳에서 나눌 이야기는 아니라고 생각됩니다."

"달튼 공작은 그렇게 생각하나요?"

여왕이 가장 가까이 있는 갈색 콧수염을 멋지게 기른 달튼 공작의 이름을 부르면서 한마디 하자 그가 고개를 끄덕였다.

달튼 공작뿐만이 아니라 다른 두 명의 중년 귀족도 같은 생각인 듯했다.

하지만 여왕은 오히려 슬쩍 입가에 미소를 짓더니,

"그러고 보니 여러분에게 소개를 하지 않았군요."

그리고 현중을 향해 시선을 보내더니,

"저기 동양의 청년이 바로 데이비드를 마스터로 이끌어주신 분입니다. 그리고 명예직이긴 하지만 저의 권한으로 백작 위를 하사받은 영국의 귀족이기도 하죠."

"……!!"

"…헉!"

“그럼… 이분이…….”

달튼 공작을 비롯해서 세 명의 중년 귀족은 여왕의 말에 그냥 외부인으로 생각했던 현중을 보던 시선이 단번에 변해 버렸다.

“그럼… 젊은이가… 바로……?”

달튼 공작은 현중을 직접 보는 것은 처음인 듯했다.

하긴 현중이 워낙에 나서는 것을 좋아하지 않고 번잡한 것을 싫어하는 성격이라 영국 내에서도 현중의 얼굴을 아는 사람은 손가락에 꼽을 정도였다.

거기다 마리아가 현중의 정보를 최대한 차단하고 여왕마저도 현중에 대한 정보를 막고 있으니 마스터 교관이라고 불리는 현중의 이야기와 소문은 많이 들었지만 실제로 현중을 본 사람은 데이비드와 마리아, 그리고 여왕과 여왕의 측근을 제외하면 전무하다시피 했다.

거기다 워낙에 조용한 성격인지라 봐도 그냥 동양인이구나 하고 지나치기 쉬웠다.

“처음 뵙겠습니다. 한국에서 온 김현중이라고 합니다.”

현중은 교묘하게 자신의 존재를 이들에게 드러낸 여왕의 행동에 모른 척했다.

어차피 더 이상 조용하게 움직이는 것은 그만두기로 했으니 말이다.

“한국? 이번에 한일 월드컵이 열리는 그곳이군요?”

달튼 공작은 일부러 한일 월드컵 중에서 한이라는 글자를 먼저 앞세워 말하는 것으로 은연중에 한국을 치켜세우는 화술을 보여주었다.

현중도 그런 달튼 공작의 화술에 웃으면서,

“네, 그렇습니다.”

그리고 달튼 공작의 옆에 있던 윗머리가 시원한 중년의 귀족은,

“그럼 혹시 W패드를 만든 대동그룹의 오너이기도 하겠군요.”

“네. 현재 그곳의 회장으로 있지만 실질적인 업무는 얼마 전에 취임한 신임 사장이 대신하고 있습니다. 전 그냥 이름뿐인 회장일 뿐입니다.”

“허허허, 이름뿐이라니… 그런 말도 안 되는……. 김현중 회장이 이름뿐인 회장이면 저도 이름뿐인 경제부 장관이겠군요.”

너털웃음을 지으며 적절한 수준의 농담을 하는 경제부 장관의 말에 현중도 씨익 웃었다.

현중의 화법은 본래 그냥 몇 마디 하고 질문을 받으면 거짓 없이 대답해 주는 것이 전부였다.

이건 대륙에서부터 해왔던 것으로 어떻게 보면 무뚝뚝해

보일 수도 있지만 결국 진실은 통하는 건지 현중의 이런 화법은 언제나 좋은 결과를 불러왔다.

"내 소개가 늦었군요. 현재 영국의 경제를 관리하는 장관의 위치에 있는 포름 공작입니다."

포름 공작은 일부러 현중에게 높임말을 사용함으로써 자신과 현중이 동등한 위치에 있다는 것을 은연중에 알렸다.

현중도 경제부 장관이라는 말에,

"처음 뵙겠습니다. 김현중입니다."

일어서서 현중과 포름 공작이 악수를 하자 가만히 있던 살짝 마른 중년의 귀족도 일어섰다.

"영국의 해군을 책임지고 있는 리슨 제독일세."

바다 사나이답게 검붉게 탄 피부와 거친 손을 불쑥 내미는 리슨 제독의 손을 현중은 부드럽게 마주 잡았다.

이렇게 이곳에 있던 모든 사람과 통성명을 마치자 현중을 외부인으로 생각하고 조심스럽던 사람들의 시선은 어느새 사라져 버렸다.

그런데 그렇게 조심하던 것치고는 의외로 별다른 이야기는 없었다.

영국의 세금과 자금의 움직임, 이번 데이비드의 생일 파티에 대한 칭찬과 함께 거의 대부분이 데이비드의 성장에 관한 칭찬 일색이었다.

여왕이 끔찍이 아낀다는 것은 영국의 국민이 다 알고 있을
만큼 여왕의 데이비드 사랑은 각별했으니 어쩌면 지금의 상
황은 당연한 것이었다.

그런데 그런 칭찬과 화기애애한 분위기도 리슨 제독이 입
을 열기 전까지였다.

"여왕 폐하."

"네, 말씀하세요, 리슨 제독."

"언제쯤 아틀란티스를 향해 함대 출동 명령을 내리실 건지
알고 싶습니다."

리슨 제독의 돌발 질문에 한순간 칭찬으로 좋던 분위기가
삽시간에 가라앉더니 모두 입을 다물었다.

이 질문에 대답할 수 있는 것은 여왕이 유일했으니 말이다.

그런데 여왕은 오히려 시선을 돌려 현중을 바라보더니,

"리슨 제독의 궁금증은 내가 아니라 저기 마스터 교관이라
고 불리는 현중 백작에게 물어보는 게 좋겠군요."

"……"

현중은 절묘하게 자신에게 책임을 떠넘기는 여왕의 모습
에 처음부터 이럴 목적으로 자신을 이곳으로 바로 데리고 왔
다는 것을 깨달았다.

역시나 여왕은 노련하면서도 사람을 상대함에 있어서 빈
틈을 보이지 않고 치밀한 데가 있었다.

거기다 여왕은 일부러 현중을 부를 때 현중 백작이라고 지칭했다.

이건 은연중에 여왕이 현중을 영국의 귀족으로 인정한다는 것이다.

그 증거로 여왕이 현중 백작이라고 지칭하자 달튼 공작과 포름 공작의 시선이 날카롭게 변했고, 리슨 제독도 현중을 차가운 눈으로 바라보았다.

그만큼 여왕의 입김이 영국에서는 절대적이었다.

아무리 외국인이라도 여왕이 자국의 귀족으로 인정하면 싫든 좋든 다른 귀족들도 외국인이지만 받아들여야 했다.

"현중 백작, 전 영국 해군을 책임지고 있는 책임자로서 알아야겠습니다. 그래야 함대를 개편할 수 있으니 말입니다."

리슨 제독도 이번만큼은 꼭 확답을 듣겠다고 다짐하고 왔는지 아예 현중을 노려보면서 대답을 해달라고 압박하고 있었다.

그런데 이런 사람들 사이에 마리아는 이번에도 여왕의 술수에 당했다는 생각에 속으로야 조금이라도 현중에게 불편을 끼치지 않는 쪽으로 대화를 이끌려고 했지만 여왕이 마리아보다 먼저 선수를 쳐버렸다.

"듣고 싶으십니까?"

현중은 이런 상황인데도 오히려 살짝 입가에 미소를 지으면서 되물었다.

"당연한 것 아니겠소? 오리하르콘이요. 우라늄을 대체할 수 있고, 원전 사고로부터 100% 안전한 새로운 개념의 에너지인데. 이미 미국과 중국은 모든 눈과 귀를 우리 영국에 집중시킨 지 1년이 넘어가고 있소. 본래 비밀이란 기간이 길면 길수록 새어 나가는 법이오."

당연히 타당성이 있는 리슨 제독의 말이었다. 하지만 현중은 웃으면서,

"그런데 최근에 새로운 정보가 하나 더 들어왔습니다."

"새로운 정보?"

오히려 현중은 이번을 기회로 삼으려고 했는지 모두의 시선을 잡기 위해 떡밥을 슬쩍 던졌다.

그러자 여왕도 의외라는 듯 시선을 현중에게 집중했다.

다만 마리아만 현중이 지금 무슨 말을 하려고 하는지 짐작하고 있기에 어차피 이렇게 된 것 철저하게 현중의 편에 서서 대화를 이끌기로 했다.

본래 계획으로는 사교파티에서 슬쩍 소문을 흘릴 작정이었는데 현중은 아예 여왕 앞에서 직격탄을 던지고 있었다.

"혹시 러시아에 있는 아르카임 스톤헨지라고 아십니까?"

현중이 미끼를 던졌으나 다들 현중이 말한 아르카임 스톤헨지가 어딘지 잘 모르는 듯했다.

　상황이 이렇게 되자 시선이 MI-6를 담당하는 마리아에게 모이는 것은 당연한 수순이었다.

　"흠흠. 그럼 여왕 폐하, 잠시 제가 설명을 하겠습니다."

　마리아가 여왕에게 허락을 구하자 여왕은,

　"그러세요."

　하고 허락했다.

　마리아는 자신이 알고 있는 정보를 모두 풀어놓기 시작했다.

　물론 거기에 현중이 말한, 아틀란티스 대륙에서 살아남은 주민이 살던 곳으로 추정된다는 정보까지 슬쩍 흘렸다.

　현중과 함께 마리아까지 말하자 여왕마저도 믿는 분위기였다.

　"그럼… 바로슈 백작의 정보가 사실인가요?"

　여왕이 날카롭게 눈을 빛내며 현중을 향해 물어보자,

　"확실합니다. 우선 그 첫 번째로 여왕 폐하께서 일전에 만나봤던 메로우와 함께 아르카임 스톤헨지를 갔을 때 그녀가 이렇게 말했습니다. 이곳에서 포세이돈님의 흔적을 느낄 수 있어 행복하다고 말입니다."

　"……!!"

　여왕은 현중의 말에 눈을 부릅뜨면서 놀랐다.

　이미 메로우가 인어인 것도 알고 있고 아틀란티스인들이

모시던 신이 포세이돈인 것도 알고 있었다.

그리고 그 두 가지를 종합하자 자연스럽게 아르카임 스톤헨지가 사라진 신비의 대륙 아틀란티스에서 살아남은 사람들이 정착한 곳이리라는 생각이 강하게 든 것이다.

솔직히 아무리 갑작스럽게 지진과 함께 대륙 전체가 바다 속으로 가라앉았다고 해도 그렇게 흔적도 없이 아틀란티스에 살던 사람들이 사라질 수는 없었다.

세계적으로 화산이 터지고 지진이 일어나고 나라의 경제가 붕괴되는 자연의 분노를 겪어도 인간은 어떻게든 살아남는 자가 있게 마련이다.

그렇게 인간은 살아남아 진화를 해왔고, 지금의 지구를 지배하는 위치에 올라서 있다.

여왕은 결코 그것을 모르지 않았다.

"흠, 그럼 바로슈 백작의 정보가 맞는다면… 그곳에……."

달튼 공작도 마리아의 정보까지 더해지자 믿는 분위기였다.

"오리하르콘으로 만들어진 포세이돈의 동상이 있겠군요."

포름 공작까지 고개를 끄덕이면서 납득하기 시작했다. 그리고 마지막으로,

"어쩌면 오리하르콘의 제조법을 발견할지도 모릅니다."

라는 말을 하면서 모두의 뇌리에 쐐기를 박아버렸다.

그렇게 치밀한 여왕마저도 리슨 제독의 말에 고개를 끄덕이면서 충분히 있을 수 있는 정보라고 생각하기 시작했다.

씨익~

모두가 각자 생각을 정리하고 있는 이때 현중은 슬그머니 아무도 모르게 입가에 미소를 지었다가 숨겼다.

그리고 마리아는 과연 이게 잘하는 일인지 아직도 약간의 혼란은 있는 듯했지만 이미 뱉어버린 말은 주워 담을 수 없었다.

이제 와서 추측이라고 말해도 오히려 MI-6의 정보력을 모두가 의심하는 결과만 가져올 것이니 그냥 입을 다물기로 했다.

몇 분 정도 침묵이 흐르고 각자 복잡하게 머리 굴리는 소리가 현중의 귓가에는 들리는 듯했다.

그렇게 시간이 흘렀을까?

"이만 물러나세요. 오늘은 여기까지 하겠습니다."

여왕이 축객령을 내리자 기다렸다는 듯 달튼 공작을 필두로 포름 공작과 리슨 제독이 나가 버렸다. 사정이야 어찌 되었든 엄청난 정보를 듣게 된 것이다.

아마 지금 정신이 없을 것이다.

그런데 그렇게 모두가 나가고 마리아와 현중도 나가려고 일어서는데,

"두 사람은 잠시 기다리세요."

여왕이 현중과 마리아를 붙잡았다.

짝!

가볍게 박수를 치자 문이 열리면서 콜린이 쟁반에 여왕이 즐겨 마시는 차를 들고 들어왔다.

현중과 마리아의 것까지 가져와 각자의 앞에 내려놓은 그는 조용히 사라졌다.

"향이 좋은 겁니다."

마셔보라는 말이다.

마리아는 여왕과 이렇게 마주하는 자리가 여전히 불편한지 쭈뼛거리면서 차를 한 모금 했고, 여왕은 정작 두 사람을 붙잡았지만 차만 마시라고 했을 뿐 그 뒤로 아무런 말도 하지 않았다.

딸그락.

찻잔을 내려놓을 때 받침과 부딪쳐서 나오는 소리만 간혹 들릴 뿐 현중을 비롯해서 마리아와 여왕은 아무런 말도 하지 않았다.

대충 10분 정도 흘렀을까? 모두의 찻잔에 차가 사라져 갈 무렵,

"현중 백작."

여왕이 현중을 나직하게 불렀다.

"네, 여왕 폐하."

현중이 기분 좋은 미소를 지으면서 여왕의 부름에 대답하자 여왕은 웃는 눈으로 말했다.

"새로운 정보… 사실이길 바랄게요."

달튼 공작이나 다른 사람이 있을 때는 동조하면서 믿는 듯했지만 정작 지금의 모습을 보니 그것도 아닌 듯했다.

"사실입니다. 그런데 한 가지 외람되지만 질문을 해도 되겠습니까?"

현중이 오히려 여왕을 향해 질문을 하려 하자,

"하세요. 그대는 제가 인정하는 영국의 귀족입니다. 귀족은 발언권이 있습니다."

현중은 그런 여왕의 말에 슬쩍 웃으면서,

"제 정보대로 아르카임의 스톤헨지에서 오르하르콘의 존재가 발견되고 운이 좋아 오리하르콘의 제조법까지 발견된다면 영국은 어떻게 하시겠습니까?"

꿀꺽.

현중의 직접적인 질문에 마리아는 마른침을 삼켰다.

본래 마리아가 뒤에서 조용히 영국의 움직임을 막을 생각이었는데 현중은 아예 여왕에게 대놓고 물어본 것이다.

"후후훗. 내가 어떻게 하길 바라나요?"

여왕은 현중의 말 속에 뼈가 있다는 것을 직감적으로 느꼈는지 아니면 오랜 세월의 경험으로 알아챘는지 모르지만 슬쩍 대답을 회피했다.

하지만 현중은 그런 귀족들의 대화법을 이미 대륙에서 지겹도록 겪었기에,

"여왕 폐하의 대답에 따라 영국은 저와 적이 될 수도, 친구가 될 수도 있습니다."

"……!!"

"현, 현중 씨."

여왕은 현중의 당돌한 말에 두 눈을 부릅뜨면서 똑바로 직시했다.

마리아는 당황해서 어쩔 줄 몰라 했다. 설마 현중이 여왕의 면전에 대고 솔직하게 말할 줄은 몰랐기 때문이다.

마리아는 현중을 어느 정도 알고 있다고 생각하고 있겠지만, 실제로 마리아가 알고 있는 현중은 1%도 되지 않았다.

워낙에 말이 없고 어디로 튈지 모르는 럭비공 같은 특이한 성격의 현중을 보통의 기준으로 생각하고 판단하면서 알고 있다고 생각한 것은 실수였다.

"…후후훗, 광오한 말이군요."

여왕은 현중의 말에 웃으면서 슬쩍 눈길을 돌려 마리아를 바라봤다.

그리고 흔들리는 마리아의 눈동자를 확인하고는 다시 현

중을 바라보는데 한없이 맑으면서도 깊은 듯한 검은 눈동자
가 도대체 무슨 생각을 하는지 짐작조차 할 수가 없었다.

하지만 이것만은 확실하다는 것을 느꼈으니, 방금 현중이
한 말은 결코 농담도 아니고 그냥 해본 말도 아니라는 것이
다.

"명예이지만 본국의 귀족 작위를 받은 현중 백작이 귀국을
적으로 돌려야 할 만큼 중요한 사항인가 보군요."

여왕이 현중의 한마디에 이미 대충 무슨 뜻이 있는지 파악
하고 말하자,

"여왕 폐하께서도 아시다시피 아르카임 스톤헨지에서 오
리하르콘이 발견되면, 아니, 저는 그것이 있다고 생각합니다.
그래서 필연적으로 발견할 것이라고 믿습니다."

"그렇군요."

여왕은 현중의 말에 고개를 슬쩍 끄덕이면서 동조했다.

"모두의 예상대로 바다 속에 잠들어 있고, 인어인 메로우
가 없이는 들어갈 수도 없는 환상의 대륙 아틀란티스와 그냥
걸어서 갈 수 있는 아르카임 스톤헨지, 과연 둘 중에 어느 곳
에 다른 국가들이 군침을 흘릴까요?"

"당연히 아르카임 스톤헨지겠군요."

생각해 볼 것도 없었다.

영국의 눈치를 보지 않아도 되고 러시아를 잘만 꼬드기면

얼마든지 가능했다.

거기다 미국은 오히려 힘을 앞세워서라도 강제로 아르카임 스톤헨지를 점령할지도 몰랐다.

현재 오리하르콘에 가장 목매는 국가는 바로 미국이었다.

가장 먼저 오리하르콘의 존재와 용도를 찾아내고도 오히려 영국에 메로우를 빼앗기는 바람에 닭 쫓던 개 지붕 쳐다보는 꼴이 되어버렸기에 자존심에도 어느 정도 타격을 입은 상태였다.

그런 미국이 아르카임 스톤헨지의 존재를 알게 된다면? 안 봐도 뻔했다. 아마 미친 듯이 달려들 것이다.

이미 자존심에 상처를 입은 미국이라면 눈치 볼 것도 없었다.

자국의 이익을 위해서라면 없는 것도 만들어내 억지로 끼워 맞춰 전쟁을 일으키는 나라가 바로 미국이 아니던가?

여왕이나 현중이 아니더라도 충분히 예상 가능한 시나리오였다. 그것도 아주 높은 확률로 말이다.

"전쟁이 터질 겁니다."

현중은 무서운 말을 서슴없이 여왕 앞에서 했다.

그리고 그런 현중의 말을 아무렇지 않게 듣고 있는 여왕이었다.

"그렇군요."

한 치의 흐트러짐도 없는 여왕의 모습에 현중은 슬쩍 웃으
면서,

"만약에 아르카임 스톤헨지로 인해 전쟁이 터지더라도 영
국은 침묵을 해주셨으면 합니다."

"침묵?"

여왕은 현중의 구체적인 요구가 자신의 생각과 전혀 반대
라는 것에 조금은 놀라는 표정이었다.

"의외군요. 영국에 손을 내밀어 아르카임의 스톤헨지에 있
는 오리하르콘을 확보하는 데 도움을 달라고 할 줄 알았는
데… 말이죠?"

여왕은 정말 그렇게 생각했다.

그리고 그렇게 생각하게 된 이유는 바로 현중이 모두가 있
는 곳에서 일부러 아르카임의 스톤헨지에 관한 정보를 밝혔
기 때문이다.

무섭도록 치밀한 여왕이 아닐 수 없었다. 현중이 아르카임
스톤헨지에 관해 정보를 말하는 순간 수만 가지 상황과 예측
이 이미 여왕의 머릿속에 수도 없이 생겼다가 사라졌을 것이
다.

그리고 결국은 가장 타당성이 있는 추측을 기본으로 하나
씩 짜 맞췄을 것이다.

그렇게 맞춰진 여왕의 결론은 현중이 오리하르콘 확보를

위해 영국의 힘을 빌리려 한다는 것이다.

누가 봐도 그렇게 생각할 것이다. 그리고 마리아의 성격상 확실하지 않은 정보에 힘을 실어줄 리도 없었다. 여왕의 판단으로는 말이다.

그렇다면 여왕으로서도 충분히 해볼 만한 전쟁이라고 생각하고 있던 참에 뜻밖에도 현중은 영국이 침묵을 해달라고 요구한 것이다.

"높은 확률로 아르카임 스톤헨지로 인해 전쟁이 일어날 것입니다. 강대국들의 힘겨루기가 말이죠. 하지만 전쟁이 일어나긴 하겠지만 시작되진 않을 겁니다."

"……?"

여왕은 순간 현중의 말을 듣고 자신이 잘못 들었나 생각했다.

전쟁이 일어나긴 하지만 시작되진 않을 것이라는 말은 뭔가 앞뒤가 맞지 않았다.

한번 일어나기가 쉽지 않아서 그렇지 전쟁의 불씨가 일어나게 되면 그 누구도 막을 수 없는 게 바로 전쟁이다.

역사적으로 전쟁이란 쉽게 일어나지도 않았지만, 한번 일어난 전쟁은 결국은 수많은 피를 봐야만 끝났기 때문이다.

전쟁을 일으키는 것은 사람이지만 끝내는 것은 사람이 아니었다. 바로 역사였다.

인간의 역사가 전쟁의 역사라는 말이 바로 그 때문에 나온 것이다.

시작은 인간이 했을지 몰라도 끝내는 것은 역사가 끝낸다는 말이 그냥 나온 게 아니었다.

그런데 현중은 너무나 자신만만하게 전쟁이 일어나긴 하지만 시작되진 않는다고 단언하고 있었다.

"자신만만한 건가요, 아니면 그만큼 믿는 것이 있는 건가요?"

여왕은 흔들림 없는 현중의 모습에 도무지 현중의 속내가 뭔지 알 수가 없었다.

전쟁은 농담으로라도 해서는 안 되는 것이었다. 특히나 지금 이 자리에서는 말이다.

"둘 다라고 생각해 주십시오, 여왕 폐하."

"……."

현중의 말에 여왕은 잠시 생각하더니,

"현중 백작."

"네, 여왕 폐하."

"우리 영국이 아르카임 스톤헨지에서 전쟁이 벌어져도 침묵을 한다면 그에 대한 대가가 있어야 하지 않나요?"

여왕도 굳이 자국민의 피를 부르는 전쟁에 발을 들이고 싶은 마음은 없었다.

하지만 여왕이라는 위치가 결코 인정과 개인적인 생각만
으로 움직여서는 안 되는 자리였다.

철저하게 영국의 이익과 안녕을 위해서 판단하고 움직여
야 하는 자리인 것이다.

지배자가 고독한 것은 어쩌면 이런 이유 때문일지도 몰랐
다.

개인의 생각과 판단은 허용되지 않는 자리, 국가와 국민의
안녕을 먼저 생각해야 하는 자리, 그게 바로 지배자의 위치이
자 여왕의 자리였다.

그렇기에 때론 자국의 이익을 위해 국민의 피를 흘리는 일
도 눈 하나 깜짝하지 않고 명령을 내려야 했다.

이러다 보니 여왕도 굳이 현중과 틀어지고 싶지 않은 마음
에 혹시나 하는 생각으로 물었는데 현중은 기다렸다는 듯 웃
으면서,

"오리하르콘을 드리겠습니다."

"오리하르콘을?"

"네, 여왕 폐하."

"흠……."

여왕은 현중의 예상 밖의 대가에 심각하게 고민했다.

하지만 그냥 덥석 현중의 말을 듣고 침묵을 할 수도 없었
다.

만약에 정보가 새어 나가 아르카임 스톤헨지에서 오리하르콘이 발견되면 영국 내의 모든 귀족들이 기다렸다는 듯 파병해야 한다고 들고일어날 것이 분명하니 말이다.

그렇게 되면 아무리 여왕이라도 무조건 침묵하라고 명령할 수는 없었다.

즉, 모두의 입을 묶어버릴 만큼 확실한 증거와 함께 믿을 수 있는 증거가 필요했다.

현중도 그런 여왕의 생각을 이미 읽고 있었다.

스윽.

현중은 아무도 몰래 손을 슬쩍 자신의 파티복의 품속으로 집어넣더니 기다리고 있던 테른이 파티복 속의 어둠에서 적당한 크기의 오리하르콘을 넘겨주자 그걸 받아서 여왕이 보는 앞에서 꺼내 내밀었다.

"이건……?"

여왕은 아직 오리하르콘과 일반 금속을 구분하지 못했다.

아니, 성분 분석을 하기 전에는 스테인리스와 오리하르콘을 구분하는 게 불가능할 정도로 둘은 흡사하게 닮은 구석이 많았다. 겉으로 보기에는 말이다.

"영국에서 원하는 오리하르콘입니다."

"……!"

여왕은 현중이 품속에서 웬만한 벽돌 크기의 오리하르콘

을 꺼내자 놀랐다. 하지만 언뜻 여왕의 머리에 스치는 생각이
있으니,

"혹시… 저번 탐사 때 현중 백작이 챙긴 것인가요?"

충분히 가능성이 있는 말이다. 하지만 현중은 어깨를 으쓱
하면서 마리아를 바라보더니,

"제가 그걸 챙겼나요?"

"아닙니다. 탐사선에 설치된 모든 CCTV를 확인한 결과 현
중 씨는 오리하르콘의 근처도 가지 않았습니다. 그리고 잠수
정에 기록된 오리하르콘의 크기와 무게, 그리고 영국에 도착
해서 다시 확인한 오리하르콘의 크기와 무게, 마지막으로
CCTV에 녹음된 영상을 기본으로 확인한 결과 단 1g의 변화
도 없었습니다."

"…그럼 이건 어떻게 된 거죠?"

여왕은 현중이 오리하르콘을 가지고 있다는 것이 도통 이
해가 가지 않았다. 그러자 현중은 기다렸다는 듯,

"아르카임 스톤헨지에서 발견한 겁니다."

"……!"

마지막으로 결정타를 날린 현중의 말 한마디에 여왕은 완
전히 넘어가 버렸다.

사실 테른의 아공간에 있는 것은 대륙에서 넘어올 때 가져
온 오리하르콘이었다.

본래 비즈니스란 거짓과 진실이 뒤섞여서 오히려 거짓을 진실처럼, 진실을 거짓처럼 보이게 할 때 가장 확실한 위력을 발휘하는 법이다.

그리고 슬쩍 웃으면서,

"이미 제가 그곳에서 지금 보시는 크기의 오리하르콘 100배 정도 되는 크기를 발견해서 비밀의 장소로 옮겨놓은 상태입니다."

"……!"

여왕은 현중의 말을 듣고는 아무리 믿지 않으려고 해도 이렇게 떡하니 벽돌 크기의 오리하르콘을 증거로 내놓은 상황에 믿지 않을 수가 없었다.

현재 전 세계 어디를 가도 영국이 탐사선을 보내 증거로 가져온 크기의 오리하르콘을 빼고 현중이 가져온 오리하르콘의 크기만 한 것을 찾기란 쉽지 않기 때문이다.

상황이 이렇게 되자 여왕은 잠시 생각하더니 곧 눈빛을 반짝이면서,

"바로슈 백작."

"네, 여왕 폐하."

"이것을 확인하세요."

여왕이 마리아에게 명령을 하고 슬쩍 현중을 바라보자 현중은 웃으면서 고개를 끄덕였다.

얼마든지 확인해 보라는 것이다.

현재 영국에는 비밀리에 탐사선에서 가져온 오리하르콘이 있기에 확인하는 것은 그리 어렵지 않았다.

그리고 여왕은 현중을 가만히 바라보면서,

"만약에 우리 영국이 아르카임 스톤헨지에서 전쟁이 일어나도 침묵하게 되면 어느 정도의 양을 줄 수 있죠?"

여왕으로서는 자국민의 피도 흘리지 않고, 굳이 젊은 병사들을 전쟁으로 내몰지 않아도 거저 오리하르콘이 생기는데 마다할 이유가 없었다.

물론 뭣 모르는 귀족들을 다독이거나 내리누르는 것이 조금은 골치 아프겠지만 그건 그것대로 여왕에게 나름 방법이 있었다.

괜히 멋으로 여왕의 자리에 올라 있는 것이 아니었다.

여왕은 현중의 조건을 받아들이는 것으로 생각을 바꾸는 순간 이미 귀족들을 다스릴 계획을 머릿속에서 만들고 있었다.

"제가 가지고 있는 양의 50%를 드리겠습니다."

"생각보다 많군요."

지금 현중이 증거로 내민 벽돌 크기의 오리하르콘 하나만 해도 영국의 전력을 100년은 유지할 수 있었다.

그런데 그것의 50배 크기의 오리하르콘이 공짜로 생긴다면 엄청난 가치가 있는 것이다.

하지만 그렇게 선뜻 절반이나 준다는 것이 조금은 이상하
기도 했다.

"여왕 폐하, 저의 고국은 현재 분단국가입니다. 그리고 원
전의 숫자만 생각해도 넘치고 남을 정도의 양입니다. 거기다
때론 욕심이 화를 부르는 법이라고 생각합니다."

현중이 마지막에 슬쩍 가시 돋친 말을 하자 여왕도 날카롭
게 현중을 한번 바라보더니 곧 입가에 미소를 지으면서,

"현중 백작의 조건을 받아들이겠습니다. 만약에 아르카임
스톤헨지에서 오리하르콘이 발견되어 전쟁이 일어나더라도
우리 영국은 침묵할 것을."

"감사합니다."

현중은 정중하게 인사를 하자 여왕은 그제야 마리아와 현
중을 놓아주었다.

끼익.

털컥.

가뿐한 표정으로 방을 나서는 현중과 달리 마리아는 마
치 롤러코스터를 100번은 타고 내려온 듯한 얼굴 표정이었
다.

"힘든가요?"

현중이 너무나 천진난만한 표정으로 물어보자 마리아는

그게 이상하게 얄밉게 보였다.

"현중 씨."

"네."

"저에게도 약간에 언질은 주셨어야죠. 얼마나 놀랐는지……."

마리아는 현중의 돌발 행동에 지금도 생각하면 가슴이 벌렁거렸다. 결과적으로 마리아가 원하는 방향까지 만들어내긴 했지만 말실수 한 번만 해도 최악의 상황이 벌어질 수도 있는 상황이었다.

"많이 놀라셨군요."

현중은 아직도 웃은 채 굳은 표정이 풀리지 않고 있는 마리아의 얼굴에 손을 가져다 댔다.

화들짝.

마리아는 몸으로 표현하진 않았지만 현중의 손이 자신의 얼굴에 닿자 급격하게 심장 박동 수가 빨라지면서 온몸의 혈액이 급속하게 움직이기 시작하는 것을 느낄 수 있었다.

"전 말이죠."

속삭이듯 마리아의 가까이 얼굴을 가져간 현중은 조용히,

"제 옆에 있는 여자가 힘들어하는 것을 모른 체할 만큼 바보는 아니랍니다. 후후훗."

화악!!

현중의 말이 끝나자 마치 막혀 있던 붉은 물감이 마리아의 얼굴을 뒤덮는 듯 순식간에 마리아의 얼굴은 물론 귀까지 새빨갛게 변해 버렸다.

씨익~

마리아의 그런 모습에 현중은 조용히 마리아의 볼을 만지던 손을 슬쩍 내리고는 태연하게 몸을 돌려 걸어가 버렸다.

멍하니 현중의 갑작스런 말에 또다시 머리가 멍해진 마리아는 거의 몇 분가량 실성한 사람처럼 서 있다가 겨우 정신을 차리고는 한숨을 내쉬었다.

"이미 알고 있었군요."

현중은 마리아가 어떤 생각으로 협조하기로 했는지 처음부터 끝까지 모조리 알고 있었던 것이다.

그리고 방금 여왕과의 만남에서 현중이 돌발행동은 한 것도 모두 마리아에게 짐을 넘기지 않으려는 현중의 배려였다.

굳이 힘들게 마리아가 움직이지 않아도 현중이 직접 여왕과 단판을 지어버리면 어떤 일이 벌어지더라도 여왕이 움직이지 마리아가 움직일 필요는 없으니 말이다.

"고마워요."

마리아는 이미 시야에서 사라져서 듣지 못할지도 모르지

만 나직하게 중얼거리듯 한마디 하고는 현중이 걸어간 곳과
반대쪽으로 몸을 돌렸다.
　자신의 손에 들려 있는 이 오리하르콘이 진짜인지 확인해
야 하는 임무가 아직 그녀에게 남아 있었다.

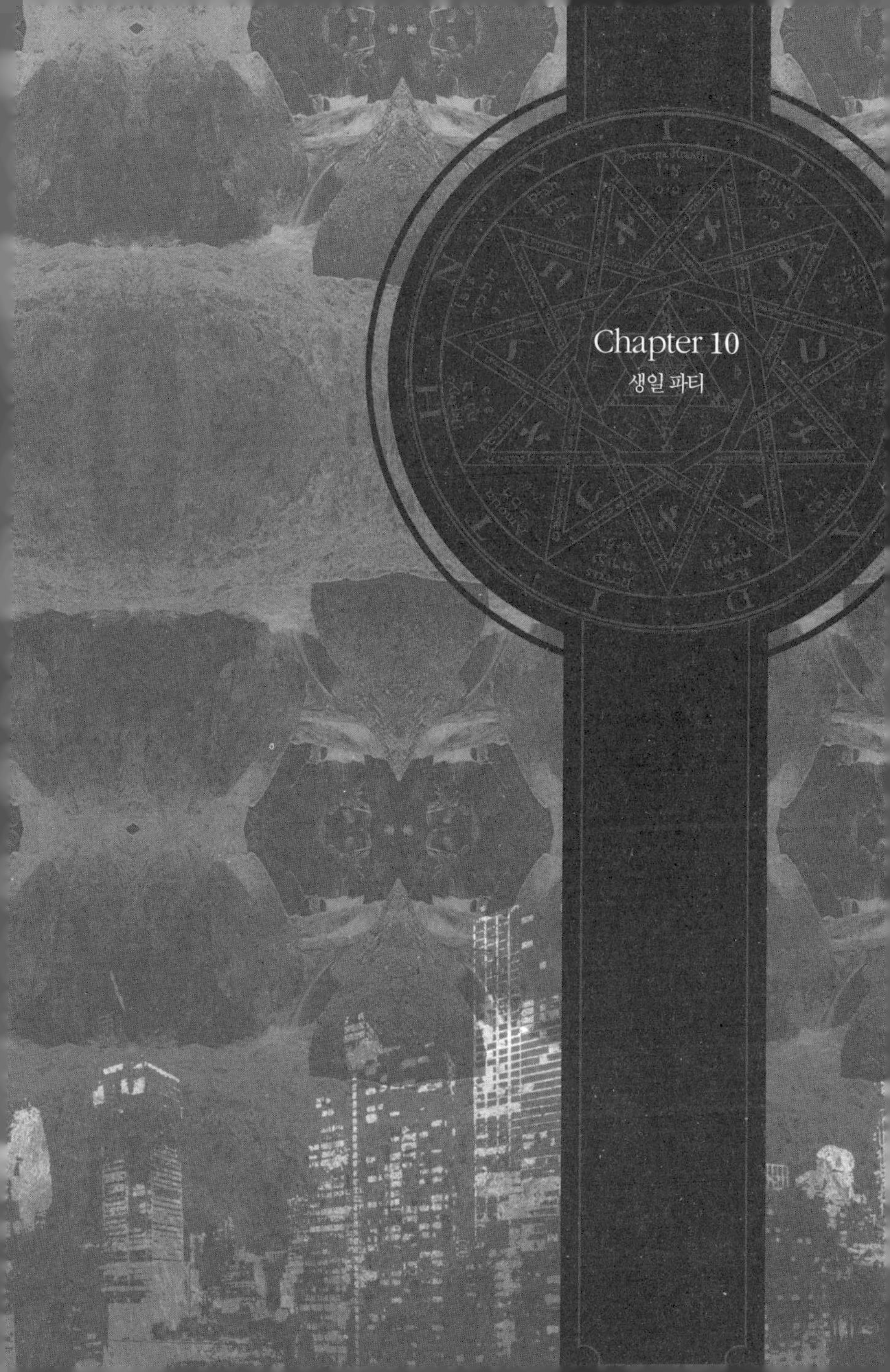
Chapter 10
생일 파티

　클래식한 음악이 흐르고 고성의 분위기와 한껏 어울리는 음율이 현중의 귀를 자극하는 이곳은 데이비드의 생일과 함께 마스터에 오른 것을 축하하는 파티장이었다.

　애초에 이런 용도로 만들어진 듯 파티장의 크기는 웬만한 호텔의 행사용 홀보다 크고 웅장하면서도 고성의 분위기 때문인지 묘한 느낌을 주었다.

　또르르륵.

　현중은 직원이 직접 따라주는 와인을 받고는 가장 구석에서 홀짝거리면서 와인을 음미하는 한편 파티장의 분위기를 살펴보는 중이었다.

솔직히 같은 인간이 살고 있는 곳이니 현중이 지겹도록 겪은 대륙의 사교파티와 지구에서는 처음인 사교파티가 어떤지 분위기 파악을 한다고 보면 정확할 것이다.

물론 현중의 진짜 목적은 따로 있었지만 말이다.

"현중 씨, 여기서 술만 만시는 남자는 레이디들이 싫어한답니다."

현중이 뒤에서 들리는 익숙한 목소리에 고개를 돌려보니 역시나 마리아였다.

그런데 평상시에 보던 마리아가 아니었다.

옷차림부터 파티용 드레스를 입고 머리는 언제나 찰랑거리던 생머리를 한껏 말아 올렸으며 온몸에 액세서리를 장식한 것이 어디 귀족의 잘나가는 영애가 사교파티에 온 듯한 모습이었다.

"…왜 그래요? 제 모습이 이상해요?"

마리아는 나름 기껏 신경 쓰고 왔는데 현중이 그냥 멀뚱히 쳐다보고만 있자 물었다.

현중이 본래 입에 발린 말을 하지 않기에 큰 기대는 하지 않았지만 마리아도 여자인지라 있는 정성, 없는 정성을 다 들여서 차려입었고, 그리고 사랑하는 사람에게 가장 먼저 보여주기 위해 일부러 현중의 위치까지 부하를 시켜 알아낸 다음

곧장 현중에게 왔으니 뭔가 기대할 만도 했다.

"어울리네요."

하지만 역시나 현중에게서 들려온 대답은 하나였다.

"……."

마리아는 속으로 그럼 그렇지 하며 아주 조금의 기대도 그대로 잊어버렸다.

애초에 현중에게 입에 발린 말을 듣는 것은 불가능하다고 스스로가 납득하고 있지 않았던가.

하지만 이상하게 가슴 한곳에서 밀려오는 씁쓸한 기분만큼은 마리아도 어쩔 수 없었다.

마리아는 표현하지 않는다고 했지만 현중이 보기에는 실망을 그대로 드러내는 마리아의 표정에 현중은 아무도 모르게 미소를 짓고는 마리아의 손을 먼저 덥석 잡았다.

당연히 마리아는 무방비 상태에서 현중이 먼저 손을 잡자 놀라서 현중을 바라봤다.

"레이디, 저에게 당신과 춤출 수 있는 기회를 주시겠습니까?"

정중하게 다리를 굽히고 허리를 숙이면서 마리아에게 춤을 신청했다. 그러자 마리아는 거의 본능적으로 세차게 고개를 끄덕이면서,

"다, 당연하죠. 받아들일게요."

마리아는 오늘 안에 눈치껏 현중에게 슬쩍 춤을 한번 추자고 이야기를 꺼낼 계획이었는데 현중이 먼저 말해주자 생각할 것도 없이 덥석 물었다.

그렇게 현중이 마리아를 데리고 한참 춤을 추고 있는 홀로 걸어나왔다.

그리고 때마침 음악이 딱 끝나는 분위기여서 춤을 추고 있던 다른 귀족들이 모두 자리로 돌아가고 어쩌다 보니 홀에 현중과 마리아만 달랑 남게 되었다.

상황이 이렇다 보니 모두의 시선이 현중과 마리아에게 집중되는 것은 당연했다.

특히나 영국의 국가 공인 마스터이자 사교파티에서는 절대로 꺾을 수 없는 꽃이라는 별명으로 불리는 마리아가 동양인 청년의 손을 잡고 홀에 나타나자 주변의 반응이 폭발적이었다.

"레이디, 잠시만……."

현중은 마리아를 잠깐 홀에 남겨둔 채 지금까지 음악을 연주하던 오케스트라 쪽으로 가더니 지휘자에게 몇 마디 했다.

그러자 지휘자는 흔쾌히 고개를 끄덕이더니,

탁탁탁!

지휘봉을 몇 번 두드리자 잠시 쉬던 단원들이 모두 각자의 악기를 집어 들고 자세를 잡았다.

그사이 현중이 다시 마리아 곁으로 돌아와 마리아의 손을 잡자 마치 짜기라도 한 듯 오케스트라의 연주가 시작되었다.

쿵작작, 쿵작작!

가벼운 왈츠가 흘렀고, 현중이 자연스럽게 음악에 몸을 실어 발을 움직이자 마리아도 현중의 에스코트에 따라 움직였다.

마리아는 태어날 때부터 귀족이기에 사교춤은 제법 많은 종류를 익히고 있었다.

검에 미쳐서 그것을 출 기회가 적었을 뿐이다.

"…제법인데?"

현중과 마리아가 왈츠의 음률에 따라 너무나 자연스럽게 춤을 주자 파티에 참석한 귀족들은 마리아야 본래 귀족 가문이니 당연했지만 현중이 왈츠를 추는 모습에 다들 감탄했다.

3/4박자의 음률을 따라 왈츠 특유의 파도를 따라 움직이는 느낌이 마치 물위를 떠올랐다 자연스럽게 내려가는 듯했다.

거기다 우아하면서도 한껏 여유가 넘치는 왈츠의 감각을 십분 잘 살린 것이 특히 인상적이었다.

왈츠는 일반적인 귀족들이 가장 많이 추고 사교춤의 기본 교과서라고 불릴 만큼 필수이지만 그만큼 어려운 춤이기도 했다.

특히나 왈츠 특유의 파도를 타고 움직이는 듯한 자연스러운 몸놀림은 평생을 왈츠만 췄다는 사람도 힘들어하는 동작이다.

하지만 현중은 마치 사람이 자연스럽게 걷듯 막힘이나 흔들림 없이 곡이 끝날 때까지 처음 그대로를 유지했다.

"후우……."

드디어 음악이 끝나고 현중이 움직임을 멈추자 마리아는 자신도 모르게 숨을 몰아쉬었다.

본래 3/4박자의 왈츠는 마스터에 오른 마리아가 힘들어할 만한 춤이 절대로 아니었다.

오히려 마리아가 남자를 리드하면서 템포를 올렸을지도 몰랐다.

그런데 현중과 추고 난 왈츠는 완전 다르다는 게 마리아의 느낌이었다.

뭐랄까, 춤이란 바로 이런 거구나 하는 것을 깨달았다고나 할까?

지금까지 춤을 배웠고 가끔 췄지만 현중과 함께 춘 왈츠만큼 기억에 남을 춤은 아마 없을 것이다.

짝짝짝!

현중의 춤이 끝나자 달튼 공작이 보란 듯이 일어서더니 박수를 치기 시작했다.

그러자 기다렸다는 듯 다른 귀족들도 박수를 치기 시작했는데, 누가 시켜서 치는 의례적인 박수가 아니었다.

진정으로 눈이 즐거웠고 좀처럼 보기 힘든 춤을 봤다는 것에 대한 작은 보답으로 박수를 보내는 것이다.

그리고 다들 기억 속에 왈츠란 이런 것이구나 하는 기억을 남기게 했다.

사실 현중이 이곳에서 보여준 왈츠는 왈츠는 왈츠인데 조금은 다른 왈츠였다.

현중의 춤 선생은 바로 드래곤 로드인 발리스터였다.


[인간은 사회적 동물이지. 그렇지 않은가? 그렇다면 필연적으로 춤을 배워야 하네. 이건 내 경험이지.]


발리스터가 춤을 가르칠 때 한 말이었다. 물론 현중은 그 당시에는 한 귀로 듣고 흘렸지만, 발리스터의 열정은 꽤 대단했다.

발리스터는 대륙을 여행하면서 배운 춤을 모두 현중에게 가르쳤다.

그의 특기는 왈츠였다. 물론 기본적인 왈츠가 아닌 스스로 변형한 스텝을 섞은 왈츠였다.

기존의 왈츠보다는 조금 난이도가 높지만, 보는 이로 하여금 감동을 느끼게 할 만큼의 수준이었다.

사실 지금 마리아와 춘 왈츠로 현중은 대륙에서 여러 귀족의 영애를 울린 적이 있다.

　지구처럼 과학이나 통신 등 여러 가지가 발달하지 못한 대륙의 귀족 영애들은 사교파티가 유일한 즐길 거리였고, 춤을 얼마나 잘 추느냐에 따라 개인적인 능력이 평가되는 곳이었다.

　당연히 현중과 한 번이라도 춤을 춘 영애는 현중이 아니면 춤을 춰도 춘 것 같지 않다고 입버릇처럼 말했다.

　그리고 대륙의 전설이 되어버린 현중의 왈츠가 지구에서 처음으로 선보인 것이다.

　뭐, 결과는 역시나 폭발적이었다.

　춤을 과학적으로 발전시킨 지구의 시선으로 봐도 현중의 왈츠는 정말 왈츠가 무엇인지 느끼게 해주었으니 말이다.

　"……."

　뜻하지 않은 주변의 환대에 마리아는 슬쩍 현중의 손에 이끌려 발코니로 나갔다.

　그나마 현재 이곳이 사람이 가장 적기 때문이다.

　"휴우! 현중 씨."

　"네?"

　"도대체 춤은 언제 배운 거예요? 마치 수십 년 춤만 춘 사람처럼 느껴졌어요."

　씨익~

　현중은 마리아의 농담 같은 말에 그냥 웃을 수밖에 없었다.

　사실 현중은 발리스터의 반 강제적인 주입식 춤 교육으로 무려 50년 동안 춤을 췄다.

심심하다고 추고, 비가 온다고 추고, 해가 떴다고 추고, 눈이 온다고 추고, 별의별 핑계를 다 붙여서 발리스터는 현중에게 춤을 가르쳤으니 마리아의 말이 틀린 건 아니었다.

진실로 수십 년을 춤을 췄다. 싫든 좋든 간에 말이다.

때로는 주입식 교육이 무섭도록 엄청난 위력을 발휘하는 법이다.

특히나 몸으로 익히는 것은 주입식 교육만큼 확실한 게 없었다.

"현중님."

뒤에서 들리는 데이비드의 목소리에 고개를 돌리자 데이비드는 두 눈을 심하게 반짝거리리고 있었다.

"감동했습니다."

"……."

현중은 데이비드의 반응에 살짝 미간을 찡그리고는,

"고맙다."

"저도 배울 수 있습니까?"

데이비드는 현중의 왈츠를 배우고 싶다는 맘을 그대로 눈빛에 담고 있었으니 나올 말은 누구라도 예상 가능했다.

하지만 현중은 자신이 춘 왈츠를 가르치고 싶어도 가르칠 수 없었다.

왜냐하면 모르기 때문이다.

발리스터는 뭔가 스텝을 찍어서 가르친 것이 아니었다.

무조건 현중을 이끌고 그날그날의 기분 내키는 대로 움직였고, 그게 수십 년 쌓이다 보니 완성된 것이 지금 현중의 왈츠인 것이다.

때론 우아하게, 때론 강렬하면서도 부드럽게, 때로는 장난스럽게 느껴질 수도 있는 팔색조의 매력을 가진 현중의 왈츠는 세월이 만든 것이었다.

하지만 현중은 이미 데이비드 같은 녀석들을 많이 다뤄봤다.

이런 녀석들이 들으면 단숨에 입을 꼬옥 다물어 버리는 딱 한마디도 알고 있었다.

"나만큼 강해지면 배울 수 있네."

"네? 그게 무슨… 말입니까?"

데이비드가 모르겠다는 듯 되물어오자 현중은 마리아를 슬쩍 가리키면서,

"마스터에 오른 마리아가 춤 한번 췄다고 지친 표정을 하는 것을 본 적이 있나?"

"……."

현중의 말을 듣고 보니 정말 마리아가 겨우 춤 한 번 췄을 뿐인데 볼이 살짝 상기된 것이 약간 힘들어 보였다.

이미 인간의 틀을 벗어났다고 하는 마스터가 춤 한 번에 지

친다는 것은 있을 수 없는 일이기에 데이비드는 현중을 슬쩍 바라보면서,

"마스터의 춤이었군요."

끄덕.

현중이 고개를 끄덕이자 결국 데이비드는 포기해 버렸다.

나름 기대를 가지고 왔는데 현중의 말에 실망했는지 발코니를 떠나던 데이비드는 실수로 누군가와 어깨를 부딪쳤다.

턱!

"헉! 미안합니다. 제가 잘못 보⋯⋯."

급히 누군가와 부딪쳤다는 것에 사과하려던 데이비드는 상대를 보더니 하던 말을 쏙 집어넣고 고개를 휙 돌렸다. 그는 가던 길을 계속 갔다.

"이런, 이런. 마스터에 오르시더니 저 같은 평범한 사람은 상종하지 않으시는 겁니까?"

멈칫.

애써 무시하는 데이비드의 발길을 잡은 것은 데이비드 또래의 젊은 귀족이었다.

올백으로 넘겨 빗은 금발과 함께 오뚝한 콧날이 깐깐해 보이는 인상이었다.

거기다 데이비드와는 서로 잘 아는 듯한 말투였다.

"뭐, 저 같은 평범한 사람은 더 이상 눈에 차지도 않겠죠."

노골적으로 데이비드의 생일 파티장에서 모두가 들으라는 듯 빈정거리는 말투에 시선이 모아졌을 무렵 데이비드도 더 이상 무시할 수만은 없게 되어버렸다.

생일의 주인공이 모욕을 받고 있으니 말이다.

"라이슨, 나에게 감정이 아직도 남아 있나?"

"무슨 그런 섭섭한 말씀을 하십니까? 영국의 두 번째 마스 터인 데이비드님에게 감정이라니요? 있는 감정도 지워 버려 야 할 텐데 말이죠. 그렇지 않습니까?"

마치 주변의 동조를 구하는 듯한 제스처와 말투였지만 라 이슨의 눈동자는 오로지 데이비드만 바라보고 있었다.

그런데 그런 둘의 모습을 지켜본 현중은 라이슨이 노골적 이고 계획적으로 데이비드를 도발했다는 것을 이미 진즉에 알아챘다.

데이비드가 발코니를 벗어날 때 슬쩍 어깨를 일부러 내밀 어서 부딪쳤고, 데이비드가 그냥 가자 시비 걸 듯 말을 비꼬 기까지 하는 모습을 보니 100% 계획적이다.

즐거워야 할 파티장이 한순간 조용해지는 것은 당연했다.

"제가……."

일이 이렇게 되자 마리아가 나서서 중재를 하려고 했는데 현중이 막았다.

"……?"

마리아는 현중이 자신의 손을 잡자 왜 잡는지 영문을 몰라 현중을 바라보았다. 현중은 조용히 고개를 흔들었다.

그런데 그때,

철썩!!

무언가 파티장에서 들어서는 안 되는 듯한 소리가 들려서 마리아가 돌아보니 라이슨이 자신의 장갑을 데이비드의 면상에 집어 던진 것이다.

그리고 데이비드는 그 장갑을 가만히 맞고 있었다.

"이런……."

전통적으로 내려오는, 기사들 간의 결투 신청이었다.

이렇게 된 이상 누구도 둘 사이의 결투에 끼어들 수가 없게 된다.

라이슨도 기사 수업을 받았고 데이비드도 받았다. 기사라는 신분에는 전혀 무리가 없었다.

마리아는 그 모습에 난감한 표정을 지었다. 생일 파티의 주인공이 결투 신청을 받다니 이런 어처구니없는 경우가 또 어디 있겠는가?

"라이슨, 꼭 이래야만 하겠나?"

데이비드가 자신의 얼굴에 있는 장갑을 치우면서 라이슨을 향해 나직하게 말하자 라이슨은 오히려 콧방귀를 뀌었다.

"제가 몸소 마스터에 오른 데이비드님의 성장의 발판이 되려고 합니다."

으드득.

데이비드는 예의가 아닌 줄 알지만 생일 파티에서 주인공에게 결투를 신청하는 라이슨의 황당하면서도 무례를 넘어서는 행동에 분노가 치밀었다.

그런데 그때 데이비드의 시선이 현중과 딱 마주쳤는데 그 순간 데이비드는 분노를 억지로 가라앉혔다.

[잘했다. 마법사는 설사 부모님이 눈앞에서 죽는다 해도 절대로 냉정을 유지해야 한다. 명심해라. 마나가 폭주하면 마법사는 자신뿐만이 아니라 주변의 모두를 죽일 수 있는 위험한 존재다.]

현중이 전음으로 칭찬과 함께 충고를 하자 데이비드는 최대한 자신을 다스리기 시작했다.

지금의 도발에 욱해봐야 결국 자신의 손해인 것이다.

라이슨과 데이비드는 서로 얼굴만 봐도 으르렁거리는 사이이긴 했지만 그래도 귀족이었다.

생일 파티의 주인공인 데이비드에게 이렇게 결투를 신청하는 것은 그 어떤 귀족도 해서는 안 되고 할 수도 없는 무례를 넘어서는 것이었다.

그런데 라이슨은 오히려 데이비드를 비웃으면서 장갑을 던졌고 결투를 신청해 버린 것이다.

기사는 절대로 결투를 피해서는 안 된다.

이건 기사로서의 자존심이 걸린 것이다.

결투를 피한 기사는 그 순간부터 기사가 아니었다.

하지만 데이비드는 억지로 이를 악물면서,

"이건 실수로 생각하겠네."

정중하게 장갑을 라이슨에게 돌려주는 데이비드였다.

주변의 사람들도 데이비드의 뜻밖의 행동에 어리둥절했다.

물론 라이슨이 상식을 벗어난 방법으로 결투를 신청했지만 마스터에 오른 데이비드가 모두가 보는 앞에서 그 결투를 거절한 것이다.

그리고 그동안 데이비드의 성격을 알고 있는 사람들은 데이비드가 결투를 거절했다는 것 자체에 놀라워했다.

밥보다 싸움을 좋아하고 강해지기 위해 물불을 가리지 않던 데이비드다.

그런데 마스터에 오르자 걸어온 싸움을 스스로 피한 것이다.

이런 데이비드의 행동을 지켜본 마리아도 당황하긴 마찬가지였다. 그리고 슬쩍 현중을 보면서,

"현중 씨, 설마… 데이비드가 저렇게 행동할 것을 알고 있었던 것은 아니겠죠?"

마리아의 질문에 현중은 오히려 모르는 척 웃으면서,

"글쎄요. 판단은 데이비드가 스스로 하는 거겠죠?"

그렇게 모두가 놀라고 있는 상황에 또다시 데이비드의 얼굴로 장갑이 날아들었다.

라이슨이 돌려준 장갑을 받자마자 던져 버린 것이다.

거기다 그게 끝이 아니었다. 다른 한쪽도 있는 힘껏 데이비드의 얼굴을 향해 던져 버렸다.

상황이 이렇게 되니 주변의 귀족들도 뭔가 이상하게 돌아간다는 것을 느끼게 되었다.

싸움을 좋아하던 데이비드는 마치 철이 든 것처럼 행동하는 데 반해 라이슨은 철부지 어린애가 억지를 쓰듯 무조건 싸움을 걸려고 행동하는 것이다.

데이비드는 직접적으로 말은 하지 않았지만 라이슨의 행동을 못마땅한 표정으로 바라보기 시작했다.

정말 황당한 건 라이슨 본인이었다.

'어떻게 된 거지? 당장 주먹을 쥐고 달려들어도 이상하지 않을 녀석인데?'

자신이 던진 장갑을 정중하게 돌려주는 모습에 라이슨은 순간 당황했다. 그 다음에는 무언가 가슴속에서 욱하고 치밀어 올랐다.

그는 돌려받자마자 그대로 다시 데이비드의 얼굴에 던져 버렸다. 그리고 아예 쐐기를 박으려는 듯 다른 쪽 장갑까지 던져 버렸다.

'설마 이 정도까지 했는데 또 거절하면 저놈은 데이비드가 아니다.'

아예 작정하고 왔는데 정작 주인공이 결투를 거절하자 무리수를 둬버린 라이슨이었다.

요상하게 분위기가 흘러갔고, 결국 그 자리에 있던 여왕마저 상황을 알아버렸다. 그런데 더욱 황당한 것은,

"데이비드, 결투를 받아들여라."

여왕은 오히려 데이비드에게 결투를 받아들이라고 명령했다.

그리고 순식간에 파티장은 대련장으로 바뀌어 버렸다.

직원들이 재빠르게 음식과 여러 가지를 치우자 대규모로 춤출 수 있는 공간이 갑작스럽지만 결투를 하기에 충분하고도 넘치는 대련장으로 변했다.

"여왕으로서 명령한다. 이 결투 이후로 모든 감정을 버려라. 아니, 남아 있더라도 죽을 때까지 가지고 가야 한다. 동의하느냐?"

여왕이 상석에 앉아 나직하지만 깊은 목소리로 명령하자 라이슨은 기다렸다는 듯,

"네, 여왕 폐하. 이후에 어떠한 일이 있더라도 오늘부로 모두 지워 버리겠습니다."

우렁차게 대답하는 라이슨과 달리 데이비드는 여왕이 어째서 이 결투를 받아들이라고 했는지 이해가 가지 않았다.

하지만 여왕의 명령은 절대적이었다.

"알겠습니다. 여왕 폐하의 명령에 따르겠습니다."

거의 억지로 결투를 하게 된 데이비드와 달리 라이슨은 얼굴에 자신감이 가득했다.

그리고 그런 라이슨과 달리 여왕의 눈빛은 한없이 차가웠다.

지금 여왕이 데이비드의 결투를 승낙한 것은 모두 치밀한 계산하에 이뤄진 것이었다.

라이슨의 가문은 전통적으로 여왕이 하는 일에 사사건건 걸고넘어지는 가문이었다.

하지만 여왕의 절대적인 통치권 아래에서 그리 크게 문제될 것은 없었다.

하지만 근래에 들어서 경제력을 바탕으로 급성장한 라이슨의 가문은 조금씩 목소리를 높이기 시작했고, 이제는 여왕에게 거슬리는 존재가 되어가고 있었다.

한마디로 여왕은 데이비드를 이용해서 라이슨을 완전히 납작하게 만들어 간접적으로 여왕의 권위를 보여주려는 것이다.

자라는 싹은 미연에 잘라 버리든지 아니면 큰소리치지 못하게 밟아버려야 했다.

정치란 본래 그런 것이다. 같은 편이다가도 적이 되는 곳에서, 전통적으로 반감을 가진 가문이라면 오히려 살짝 늦은 감이 있었다.

“데이비드님, 마스터의 위력을 몸소 보여주시는 것에 감사 드립니다.”

끝까지 비꼬는 라이슨의 말투와 행동에 울화가 치미는 데이비드였지만 어쩔 수 없이 상대해야 했다.

물론 라이슨에게 진다는 것은 생각조차 해본 적이 없는 데이비드다.

그런데 그때,

[냉정하게 판단해 봐라, 데이비드. 마법사는 논리적인 존재다.]

현중이 전음으로 충고를 한 것이다.

'냉정하게 판단하라니……. 그게 무슨 말이지?

아무리 데이비드가 노력한다고 해도 천성적인 성격이 쉽게 바뀌진 않는 법이다.

지금도 욱하는 성격을 억지로 누르고 있을 뿐 언제든지 폭발할 수 있는 상황이었다.

방금 전에도 현중이 전음을 보내기 전까지는 그냥 때려눕혀 버릴 생각으로만 가득했다.

그런데 현중의 충고를 듣자 뭔가 이상한 것이 곧바로 눈에 보인 것이다.

라이슨이 너무 오버하고 있었다.

마치 '자신을 죽여 주세요' 하고 빌고 있는 듯한 행동을 처음부터 끝까지 유지하고 있는 모습은 누가 봐도 이상했다.

흥분해서 아무것도 보이지 않다가 잠깐 정신을 가라앉힌 순간 이상한 것이 하나 보였고, 하나가 보이자 그 뒤로도 계속 뭔가 이상한 게 보였다.

아니, 라이슨과 데이비드가 처음부터 어깨를 부딪친 것부터가 이상했다.

결국 이상한 것투성이인 라이슨의 행동이 처음부터 잘못되었다고 판단하자 데이비드는 그제야 알게 된 것이다.

'계획적이구나, 라이슨.'

무슨 이유로, 무슨 생각을 가지고 지금의 상황을 만든 것인지 모르지만 라이슨은 자신만만한 표정이었다. 처음부터 데이비드를 상대로 도발할 목적으로 파티에 참석한 것이다.

그걸 지금에 와서야 데이비드는 깨달았지만 후회는 없었다.

남자는 주먹으로 대답하면 되니 말이다.

『현중 귀환록』 11권에 계속…

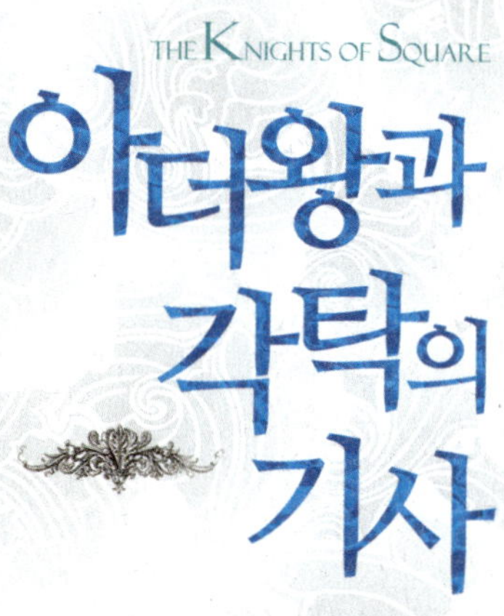

『비상하는 매』의 신선함, 『더 로그』의 치열함,
『월야환담』의 생동감.

그 모든 장점을 하나로 뭉쳐 만든 홍정훈식 판타지 팩션!

## 아더왕과 원탁의 기사.

전설의 검 엑스칼리버의 가호 아래 역사에 길이 남을 대왕국을 건설한
위대한 왕과 그의 충직한 기사들.

"…난 왜 이리 조건이 가혹해?!"

그 역사의 한복판에 나타난 이질적 존재, 요타!
수도사 킬워드의 신분을 빌려 아트릭스의 영주가 되어 천재적인 지략과 위압적인 신위를 휘두르며
아더왕이 다스리는 브리타니아에 정면으로 반기를 든다!

전설과 같이 시공을 뛰어넘어
새로운 아더왕의 이야기가 우리 앞에 나타난다!

Book Publishing CHUNGEORAM

시공을 달리는 자

# RUNNER

임영기 장편 소설 런너

내 꿈은
21세기 나의 제국에서 그녀와 함께 사는 것이다

나는 전쟁의 신이며 또한 전능자(全能者) 런너다.

이제 내 행동은 역사가 되고 내 말은 법이 될 것이다.

Book Publishing CHUNGEORAM

유행이 아닌 자유추구 -
WWW.chungeoram.com

# 귀환인! 歸還人

김동신 퓨전 판타지 소설

**모든 마수의 왕 베히모스.**

그의 유일한 전인 파괴의 마공작 베르키.
마계를 피로 물들이고 공포로 군림했던 그가
드디어… 꿈에 그리던 한국으로 돌아왔다.

"친구들아,
나 권태령이 드디어 돌아왔어!"

피로 물들었던 마계의 나날을 잊고
가족과도 같은 친구들과 지내는 생활.
그 일상을 방해하는 자들은 결코 용서치 않는다!

살기가 휘몰아치는 황금안을 깨우지 말라!
오감을 조여오는 강렬한 퓨전 판타지의 귀환!

Book Publishing CHUNGEORAM

유행이 아닌 자유추구 –
WWW.chungeoram.com

# 십검애사

十劍哀史

설봉 新무협 판타지 소설

『사신』, 『마야』, 『패군』

무협계를 평정한 성공 신화를 계승한다.
한국무협을 대표하는 작가 설봉!
그 새로운 신기원을 열다!

『십검애사』

잠들어 있던 열 개의 검이 깨어나는 날,
전 중원에 피바람이 몰아친다.